나는 바다를 닮아서

나는 바다를 닮아서

반수연 산문

교유서가

작가의 말

우리 동네에는 'Kaffina'라는 뜻 모르는 이름의 카페가 있다. 집에서 2.5킬로미터쯤 떨어져 있다. 날이 좋으면 거기까지 걷는다. 노트북과 책 몇 권이 든 배낭을 메고 씩씩하게 걸으면 삼십 분쯤 걸린다. 카페에 닿을 즈음엔 늘 숨이 조금 찬다. 문을 밀고 들어가면 앨렌이 하이, 하고 반갑게 인사한다. 앨렌은 캐나다에서 태어난 중국계 바리스타다. 그녀는 들어오는 손님마다 이름을 부르며 안부를 묻는다. 이십대의 젊고 발랄한 그녀의 인사는 무척 섬세하다.

"새 직장은 어때? 아들은 이번주에 왔어? 머리 잘랐어? 오늘 재킷 예쁘다. 감기는 다 나았어?"

나는 서로의 이름을 부르며 인사하는 그들을 부러운 눈길로 바라봤다. 익명의 노바디로 쓸쓸함과 편안함 속에 숨어 살아야지 작정하고 왔는데. 그들이 주고받는 다정에 내 마음이 이상하게 일렁였다.

카페에 일곱 번쯤 갔을 때 앨렌은 내게도 이름을 물었다. 이제 나도 단골의 반열에 오른 건가. 드디어 내게도 단골 동네 카페가 생긴 건가. 열 번쯤 갔을 때, 앨렌은 뜨거운 물을 한 컵 가득 따라 내 테이블 위에 놓았다. 이게 뭐지? 주문하지 않은 물을 보고 놀라 그녀를 바라보았다.

"네가 추운 것 같아서."

그녀는 치아가 보이게 환하게 웃으며 말했다. 나는 따뜻한 물컵을 두 손으로 감싸 안고 괜히 후후 불었다. 따뜻한 물을 받아 들고 보니 그제야 내가 그것을 간절히 원하고 있었다는 생각이 들었다. 주문한 커피를 다 마신 채, 화장실도 가지 않고 서너 시간 동안 컴퓨터에 고개를 처박고 돌덩이를 굴리듯 용을 쓰고 있는 걸 누군가 알아챘다는 게 그리 좋았던 걸까.

산문을 쓰는 동안 거의 매일 그 카페에 갔다. 글이 막힐 때마다, 도망치고 싶을 때마다 나는 우두커니 허공을 바라보았다. 바라보며 또 생각했다. 괜한 짓을 하는 건 아닐까. 산문은 도망갈 데가 없다던 친구의 말이 사실이었다. 대나무의 그것처럼 툭툭 불거진 내 생의 못난 마디들을 들여다보는 일은 그리 즐겁지 않았다. 덮고, 닫고, 색칠했던 기억을 소환해서 직면하는 일은 차라리 고통에 가까웠다. 무엇보다 가난과 황폐와 미숙을 스스로 드러내는 일이 부끄러웠다. 글을 쓰는 내내 내게 필요했던 것은 노련한 문체도 아름다운 문장도 아니었다. 부끄러움을 견디는 용기였다.

앨렌이 힘이 되었다. 그녀의 따뜻한 물 한잔이 내게 준 격려와 위안은 신비로웠다. 그러니 이 글은 내가 쓰는 글을 절대 읽을 수 없는 수많은 앨렌들 속에서 썼다. 무슨 이야기를 쓰고 있냐고 물어주는 앨렌과 잘 되어가고 있냐고 묻는 앨렌과 읽기도 전에 "재밌겠는걸!" 하고 감탄해주는 앨렌.

소설을 쓸 때는 인물이라는 가면 뒤에 숨는 것이 쉽지 않았다. 어떤 가면을 쓰든 수시로 가면을 벗고 알몸의 내가 불쑥 드러나 곤혹스러웠다. 가면을 벗어던진 내가 쓰는 결론이란 건 언제나 뻔했다. 살아내는 일은 아프고 세상은 야속하지만 그래도 살 만하다. 개가 사람을 무는 이야기가 아니라 사람이 개를 무는 낯선 이야기를 쓰라는 말도 더러 들었다. 그래도 나는 개가 사람을 무는 이야기밖에 쓸 수 없었다. 유난히 정직해서가 아니라 모르는 이야기를 쓸 수 없었기 때문이다.

할말이 떠오를 때마다 무수히 끄적였던 이야기를 지나치게 좋아해주고, 이건 꼭 책으로 나와야 한다며 부추기던 친구들도 있었다. 쓸쓸해서 다정했고 다정해서 쓸쓸했던 나와 꼭 닮은 친구들. 하지만 쓰는 내내 고민했다. 써야 할까, 말아야 할까. 이 사소한 이야기가 읽는 사람들에게 어떤 의미가 있을까. 내겐 무슨 의미가 있을까. 그 고민은 장애를 넘고 심연에서 빠져나오는 종류의 고민이 아니었다. 그것은 동그라미의 가장자리를 밟고 걷는 것처럼 끊임없이 계속되는 무한 반복이었으므로 나는 늘 제자리를 맴돌았다. 그러니 그건 고민이 아니라 투정이었는지도 모른다.

나는 툴툴거리며 매일 카페에 나가 썼다. 앨런이 만들어주는 무지방 라테 위에 때론 나뭇잎이, 때론 하트가, 때론 눈사람이 그려졌다. 나는 커피잔에 담긴 그날 치의 응원을 받아 들고 노트북 자판을 두드렸다. 그러는 동안 카페 앞 헐벗은 나무에 새순이 돋고, 엷은 초록이 몽글몽글 올라오고, 그 잎이 짙어지더니 어느새 붉어졌다.

스물일곱 편의 산문을 썼다. 모두 내 이야기이다. 쓰고 보니 어쩌면 이것들은 산문의 가면 뒤에 숨은 소설인 듯도 하다. 내 이야기가 아니라 당신 이야기 같기도 하다. 범박한 생을 지나오며 만난 반짝이는 돌멩이 같기도 하다. 그 생각을 하니 부끄러움을 견딘 내가 좀 대견하다.

툭툭 불거진 내 생의 옹이들이 나와 조금 거리를 두고 떨어져나간 것도 같다. 타국의 카페에서 여태 낯선 말들에 둘러싸여 썼다 지우고 또 썼다 지웠던 시간은 어쩌면 내 생의 마디를 단단한 매듭으로 만드는 시간이었는지도 모르겠다. 그 마디에 어둠을 가두고 멀건 얼굴로 다시 생을 시작할 수 있었던 것은 마디의 안쪽에 야무지게 앙다문 내벽 덕분이라는 걸 쓰면서 알게 되었다. 그러니 이건 내 다정한 슬픔에 대한 이야기다.

2022년 늦가을 통영에서
반수연

차례

1부

바람이 불고
비가 내린다

번뇌의 숲

내가 살고 있는 밴쿠버는 레인쿠버라고 불릴 만큼 가을부터 겨울까지 비가 많이 내린다. 가끔 지루하게 내리는 겨울비를 불평하면 그래서 이곳의 나무가 좋지 않냐고 사람들은 말한다. 이 겨울비가 여름의 우리를 안전하게 지켜줄 것이라고 말하는 이도 있다. 맞는 말이다. 식물을 키우다보면 그것을 뿌리 내리게 하는 것이 바람이고 자라게 하는 것이 비라는 걸 알게 된다. 그렇게 주구장창 내리던 비는 4월이면 주춤한다. 금방 비 갠 청명한 4월 하늘 아래서 세상은 다시 부활하고 회복한다.

　나는 그즈음의 숲을 사랑한다. 시간만 나면 숲으로 산책을 나간다. 4월의 숲은 형체가 고정되지 않은 연한 초록이 몽글몽글 피어오른다. 아직 겨울의 습기가 남아 있는 검은 가지 위에 신록의 이파리들이 매달린다. 그 이파리들은 너무 부드러워 딱

딱한 가지를 뚫고 피어난 것이 아니라 하늘에서 살며시 떨어져 내린 듯하다. 때론 나비 같고 때론 새 같아서 금방이라도 공중으로 파르르 날아오를 것도 같다. 그렇게 숲이 새로운 초록으로 변하면 길가에는 벚꽃이 지천으로 핀다. 이 도시만 해도 2천 군데가 넘는 크고 작은 거리에 벚꽃이 피어난다. 진짜 봄이 온 것이다. 짧은 벚꽃의 시절 동안 숲은 땅에서, 가지에서 깨어난 갖가지 식물들로 본격적으로 풍성해진다.

그즈음은 고사리가 땅을 뚫고 올라오는 시간이기도 하다. 처음에는 숲에서 고사리를 찾는 것이 쉽지 않았다. 이민 오기 전까지만 해도 고사리가 갈색인 줄 알 정도로 식물에 무지했다. 게다가 양치식물은 모두 비슷하게 생기지 않았나. 사진을 찍어 친구에게 보내서 묻고, 구글로 식물의 이미지를 검색하고, 엉뚱한 걸 꺾고. 이런 과정을 겪고 난 후에야 고사리를 또렷이 구별해낼 수 있게 되었다. 그런데 신기하게도 고사리를 제대로 알게 되니 고사리 비슷한 것은 더이상 눈에 들어오지 않았다. 고사리만 번쩍 손이라도 들고 있는 것같이 멀리서도 확연히 눈에 띄었다. 한동안 고사리를 발견하는 기쁨을 누리다가 친구가 뜯어서 말려준 고사리를 한 움큼 얻어먹어본 후에는 나도 고사리를 뜯고 싶어졌다. 그 야들야들한 고사리 맛을 잊을 수 없었기 때문이다.

밴쿠버의 고사리는 특히 굵고 연하다. 공기가 좋으니 공해도 적을 것이다. 육개장에 넣어 끓이거나 나물을 무치면 고기 못지 않게 감칠맛이 나면서도 향긋하고 부드럽다. 그걸 먹다보면 이가 부실한 친정어머니 생각이 절로 난다. 어머니는 덕유산 언저리에서 자라 산나물을 좋아했다. 고사리를 뜯어 삶고 말려서 한국에 계신 어머니에게 보내면 얼마나 좋을까.

아무런 준비 없이 나간 산책길에서 우연히 만난 고사리를 정신없이 따기도 했다. 가방도 봉지도 없었기 때문에 입고 간 트레이닝 재킷을 벗어 보퉁이처럼 고사리를 싸매고 품에 안고 돌아온 적도 있다. 따다보니 수렵채집이라는 원시의 DNA가 고스란히 되살아났다. 너무 재밌었다. 들통에 물을 끓여 고사리를 뒤적여가며 삶아 봄볕에 말리면서 얼마나 신이 났던지. 그런 종류의 기쁨은 난생처음이었다.

그런데 신기하게도 고사리를 꺾기 시작하고부터 고사리 괴담이 들려왔다. 캐나다에서는 고사리를 꺾는 것이 불법이라고 했다. 충격적이었다. 아니 왜? 지천에 깔린 게 고사리인데. 여기 사람들은 먹지도 않는데? 모든 장소에서 다 불법이라는 사람도 있고, 공원은 안 되고 길가는 괜찮다는 사람도 있었다. 누군가 혼자 고사리를 따다가 길을 잃고 실족했다는 소문도 들렸다. 고사리를 따다가 걸리면 즉시 체포되어 재판을 받는다는 무시무시한 소문도 있었고, 감시관이 숲에 숨어 있다가 집까지 쫓

아와 벌금을 물린다는 사람도 있었다. 한 줄기당 얼마씩 벌금을 물리니 액수가 어마어마하다는 사람도 있었다. 어떤 할머니는 한국에서 밴쿠버에 사는 딸의 집에 놀러 왔다가 사방에 널린 고사리를 보고 그냥 지나칠 수 없어 따다보니 벌금이 무려 2천 달러나 나왔다고도 했다. 울며불며 통사정을 하니 벌금을 200달러로 낮춰줬다는 상세하고도 훈훈한 결말도 들렸다. 하지만 이 모든 이야기는 바람결에 실려 온 소문이었다. 무성하기만 하고 진실을 확인하기 어려웠다. 직접 겪은 사람은 아무도 없었고, 지인의 지인의 지인에게 들었다고만 했다. 그래서 열 사람을 만나면 열 가지 진실이 있었고, 제각각이 마치 괴담처럼 무섭고 우스웠다.

그런 종류의 소문은 진의를 파악하기 어렵다 하더라도 일단 듣고 나면 무시하기가 쉽지 않다. 더구나 나 같은 졸보에게 수천 달러의 벌금은 상상만으로도 재앙이다.

'50달러어치만 사면 일 년은 먹을 수 있잖아. 절대 따지 말아야지. 어쨌든 법을 어기는 건 마음이 편치 않아. 그냥 사 먹자. 위험을 감수할 필요가 없잖아. 떳떳하게 살자.'

나는 중독에서 벗어나려는 사람처럼 필사적으로 다짐했다. 마음을 다잡고 멀리서 고사리가 보이면 보지 않으려 고개를 돌리거나 그 부분만 뿌옇게 처리해서 의도적인 아웃포커싱을 했다. 하지만 보지 않고 지나칠 수는 없다. 보지 않으려고 할수록 고사리는 코끼리처럼 자꾸만 눈에 뜨였다. 흐리게 처리한 시선은 고사리를 가리는 것이 아니라 모든 숲을 고사리밭으로 보이게 했다.

친구들이 모여도 종종 고사리 괴담에 대해 이야기한다. 그러니까 따면 안 돼. 사 먹어야지. 결론은 늘 그렇다. 하지만 이상하지 않은가! 그곳에 사는 많은 한인 가족들은 어딘가에서 고사리를 따서 말려 먹는다. 또, 한인마트에서 파는 고사리는 어디서 나온 거란 말인가? 고사리 농장이 있다는 말은 들어본 적이 없다. 그렇게 의문이 수시로 고개를 들고 내게 고사리를 따도 된다며 유혹한다.

한 친구는 매년 고사리 농사 수확하듯 일 년 치 고사리를 따서 말려 제사도 지내고 명절 나물도 만든다. 친구는 불법인지 아닌지는 모르지만 너무 외진 곳이라 들킬 염려는 없다고 애매한 답을 내놨다. 먹을 게 억세어지고 있는데 어찌 그걸 그냥 보고 있느냐고도 했다. 농촌에서 어린 시절을 보낸 친구에게 그건 나와는 또다른 문제인 듯도 했다.

그렇다고 내가 고사리를 절대 꺾지 않는 것은 아니다. 꺾지 말자고 다짐하면서도 길가에 봉긋 올라온 여린 고사리를 보면 숨죽이던 수렵채집의 피가 슬슬 끓으면서 손이 근질거린다. 모양 빠지게 두려움에 벌벌 떨면서 도둑질하듯 남의 눈을 피해

고사리를 뚝 끊어내는 내 모습이 정말 싫다. 그럴 때면 열 가닥
쯤 꺾어서 일부러 팔을 힘차게 흔들면서 집으로 돌아온다. 열
가닥이면 죄의식을 느끼지 않을 정도의 적당한 양이지만 삶아
서 말리면 뭘 해 먹을 수도 없는 초라한 양이다.

그렇게 욕망을 꾹꾹 누르다가도 진짜로 못 참겠는 때가 있다.
고사리를 보고도 마음을 다스리며 따지 않고 지나온 길을 다
음날 다시 걸을 때, 내 인내와 겸허의 산물인 고사리를 누군가
똑 따서 가져가버리고 빈 가지만 남은 걸 보게 될 때이다. 아!
그게 어떤 고사리인가. 그때는 분노와 허탈함으로 살짝 이성을
잃고 만다.

'내가 아니라도 어차피 누군가는 딸 거잖아. 이거 하나에 벌
금이 50센트라고? 그까짓 거 물리라지. 다 합해도 10달러어치
도 안 되겠네 뭐. 여긴 공원도 아니고, 동물이 살 만한 숲도 아
니고 그냥 길거리잖아. 내가 뭐 동물 먹이를 빼앗아 먹는 것도
아니고, 위법이라는 증거도 없잖아? 벌금을 물었다는 사람을
실제로 본 적도 없잖아. 다 풍문일 뿐이지. 내가 먹을 것을 내
손으로 직접 채취하는 것은 얼마나 숭고한 노동인가! 고사리를
따지 않는 것은 정의로운 게 아니고 그냥 겁쟁이라 그런 거지.
자, 이제 주눅에서 벗어나 용감하게 따자. 내가 먼저 발견한 거
니까 저건 내 거야.'

나는 어느새 남이 꺾어가버린 고사리가 내 것인 양 빼앗긴

게 억울해진다.

오늘도 나는 4월의 숲길을 걸으며 부활과 회복을 잊고 속세의 번뇌에서 벗어나질 못했다. 한참을 걷다보니 누군가 숲속에 작은 인형들을 모아서 꼬마 요정 스머프 마을을 만들어둔 것이 보였다. 제법 그럴듯해 보이는 수레도 있고 버섯집도 있었다. 보는 이를 웃음 짓게 하는 사랑스러운 마음을 상상하며 한참을 바라보다가 스머프 마을 뒤편에 오종종하게 올라온 고사리를 또 봐버리고 말았다. 마음은 급히 흩어졌다. 식물을 자라게 하는 것은 비, 식물을 뿌리 내리게 하는 것은 바람. 내겐 비 같기도 하고 바람 같기도 한 고사리는 5월 중순까지 계속 자라날 텐데. 🌿

가슴이 하는 일들

이민 와서 사 년 만에 다섯번째 집으로 이사했다. 세 가구가 함께 사는 월셋집이었다. 아래층은 반을 갈라 인도인 두 가구가 살았고 위층에는 우리 네 식구와 하숙생이 살았다. 그 집은 애당초 세 가구가 쓰기 위해 지은 집이 아니었다. 세를 놓기 위해 이리저리 칸을 질러 방을 늘렸던 터라 이층으로 올라오는 계단 바로 옆 세탁실과 창고는 세 집이 함께 사용했다. 누구나 마음만 먹으면 아무런 방해를 받지 않고 이층의 우리집으로 바로 침입해 올 수 있어 자다가도 문득문득 두려워졌다. 그럼에도 나는 집세에 비해 넉넉한 공간 때문에 그 집을 좋아했다. 그때 우리집은 하숙생 말고도 한국에서 온 일가친척들로 늘 붐볐는데도 친절한 이웃들 덕분에 별 불편 없이 몇 년을 즐겁게 살았다.

어렵게 구한 집이었다. 한번 세를 주면 어지간한 문제가 있어도 함부로 내쫓지 못하는 캐나다의 법 때문인지 집주인은 세입자를 까다롭게 골랐다. 우리가 운영하던 식당이 망한 후, 남편은 목수일을 배우기 위해 전문대학 입학을 앞두고 있었다. 나는 하숙도 치고 학생들에게 수학 과외도 하며 생활비를 벌었다. 직업이라고 말하기에는 껄끄러운 일이었다. 세입자는 집을 구할 때 몇 페이지에 걸쳐 신청서를 만들어야 하는데, 직업란에 무직이라고 쓰는 대신 이런저런 사정을 구질구질하게 썼다. '우리에게 지금은 일종의 과도기인데, 남편은 곧 학교에 간다. 졸업하면 바로 직업을 가질 것이고 나 또한 그렇다. 우리는 한번도 집세를 미루거나 법을 어기지 않았던 좋은 사람들이다.' 그런 식의 말들.

그런데 어쩐지 그런 말은 쓰는 순간 거짓말처럼 애매모호했고, 종국에는 부부가 제대로 된 생계 수단 없이 어린 아이들을 데리고 셋집을 전전한다는 고백밖에 남지 않았다. 비슷한 처지의 이민자들과 어울리다보니 누구 하나 우리를 보증해줄 든든한 대변인이 없었다. 든든한 대변인은커녕 유창하게 영어를 구사하는 친구도 주변에 없었다. 집주인이 볼 때 우리는 근본 없고 가난한 이민자에 지나지 않았을 것이다. 수십 군데에 서류를 넣었지만 번번이 거절당했다.

불안정한 신분이 이유였지만 납득하기는 어려웠다. 우리는 자동차 과속 범칙금도 한번 물지 않았고, 집세나 공과금이 밀린 적도 없었다. 누구를 때리거나 도둑질을 하거나 마약을 한 적도 물론 없었다. 한국에서나 이곳에서나 범법을 한 적이 없었다. 앞으로도 그럴 것이었다. 그런데 왜 우리를 잠재적인 범죄자로 취급하는 것일까? 집을 비워줘야 할 날은 다가오고 있었고 들어갈 집은 구해지지 않아 발을 동동 굴렀다. 그때까지 살고 있던 집은 주인이 매매를 결정했으므로 우리 사정을 들어줄 형편이 아니었다. 나는 서른 곳이 넘는 집에서 거절당해 지치고 우울했다. 이전 집을 관리하던 서양인 공인중개사와 이사 문제를 이야기하다가 울먹이며 하소연했더니, 기적처럼 이 집을 소개해주었다. 적어도 그는 우리 가족이 몇 해 동안 아무런 문제없이 집을 깨끗이 사용했으며 집세도 잘 낸다는 것을 알았다. 그즈음에 나는 너무 절박해진 나머지 이사 갈 집은 지붕만 있으면 된다고 낮은 자세를 취했는데, 다행히 그가 소개해준 곳은 여러 가구가 모여 산다는 것만 빼면 나무랄 데 없는 집이었다.

그 집에서 아들 녀석은 매일 피아노를 쳤다. 숙련되기 전이었으므로 피아노를 연습하는 소리는 시끄럽고 성가셨다. 음악이라기보다는 소음에 가까웠다. 그 엉터리 소리가 목조 주택 전체를 쩡쩡 울렸다. 내 마음은 조마조마했고 그럴수록 아들은 피아노를 더 열심히 쳤다. 아래층 두 집에서는 불평 한마디 없었지만, 나는 그들과 마주칠 때마다 고개 숙여 사과했다.

뒷방의 장성한 삼형제는 뒷마당에서 자주 고기를 구워 파티를 했다. 뒷마당이 보이는 베란다에 앉아 있으면 맥주와 고기를 올려다주기도 했다. 내 아이가 그렇게 보기 좋은 청년으로 자라는 상상을 하면 절로 행복해졌다.

현관 입구 쪽에는 인도에서 온 신혼부부가 살았다. 늘 웃는 얼굴을 한 남자는 일터로 일찍 나갔다. 결혼을 위해 인도에서 건너온 젊은 여자는 방에서 거의 나오지 않았다. 어느 날 세탁실 앞에서 사리를 입고 세탁을 하는 그녀와 부딪혔다. 인사를 했는데 영어를 아예 할 줄 몰랐다. 그래도 그녀는 내 말을 알아듣는 듯 고개를 끄덕이며 웃어주었다. 가끔 볕이 좋은 날이면 그녀는 용도를 알 수 없는 하얀 옷들을 빨아 햇살 아래 빨랫줄에 널었다. 건조기를 사용하는 이곳에서는 흔한 일이 아니었다. 빨래는 수십 개가 될 때도 있었다. 나는 하얀 빨래를 세어보며 그녀의 고향이나 외로움을 짐작해보기도 했다.

우리와 비슷한 처지의 뜨내기 세입자들이 많이 사는 가난한 동네였지만, 자동차 없는 생활이 힘든 곳이었으므로 세입자들도 대부분 차가 있었다. 내가 살던 집에도 차가 많았다. 차고에는 차 두 대가 빠듯이 들어갔고, 나머지 차는 경사가 가파른 드라이브웨이에 주차했다. 남편이 학교에 다니기 시작하면서 할부로 차를 한 대 더 마련해 우리집도 차가 두 대가 되었다. 하나는 차고 안에 주차하고 하나는 드라이브웨이에 주차했다. 차고에서 차를 빼서 드라이브웨이에 주차된 차들을 피해 도로까지 나가는 게 곡예처럼 난해했지만, 스물셋부터 운전해온 내겐 그리 어려운 일이 아니었다.

어느 날 폭설이 내렸다. 남편은 승용차를 세워두고 동료의 트럭을 얻어 타고 출근했다. 다른 세입자들도 차를 두고 나갔다. 나는 아직 잠이 깨지 않은 세 살 딸아이를 카시드에 앉히고, 아들을 학교로 데려다주기 위해 밴에 시동을 걸었다. 차고 문이 열리자 내리막인 드라이브웨이에 수북이 쌓인 눈이 보였다. 왼쪽으로 검은 승용차 두 대가 일렬로 주차되어 있었다. 오른쪽으로 남편의 하얀 승용차가 보였다. 20미터쯤 경사로를 쭉 내려가면 메인도로부터는 평지라 살살 움직여 학교로 가면 될 일이었다.

일 년에 한 번도 제대로 된 눈이 내리지 않는 통영에서 운전을 배운 탓에 나는 눈의 성질을 잘 몰랐다. 밴쿠버로 온 후 일 년에 서너 번씩 폭설을 만나긴 했지만 속도를 줄이고, 미리 브레이크를 밟고, 핸들을 급히 꺾지 않으면서 겨우 버텼다. 나는 후진기어를 넣고 천천히 차를 움직였다. 그런데 이게 웬일인가. 눈에 덮인 내리막길에서 차가 핸들의 방향대로 움직이지 않았다. 그냥 저절로 주르륵 미끄러졌다. 이대로 조금만 더 미끄러지면 남편의 차를 박을 판이었다. 나는 다시 비탈길을 올라가 차를 차고에 도로 넣으려 했다. 기어를 1단에 넣고 힘껏 액셀을 밟았다. 차는 요란한 소리를 내며 헛바퀴만 돌았다. 다행히 브레이크를 밟고 있으면 차가 움직이지는 않았다. 나는 드라이브웨이 중간에 차를 세워두고 아이들을 데리고 차에서 내렸다. 내 차가 남편의 차를 박는 것도 어이없고 무서웠지만, 까딱하면 애들이 다칠지도 몰랐다.

둘째를 안고 큰아이의 손을 잡은 채 이러지도 저러지도 못하고 서 있었다. 그때 마침 아이들을 학교로 데려다주기 위해 나온 옆집 중동 남자가 반쯤 울상으로 서 있는 내게 무슨 일이냐고 물었다. 나는 내 차를 가리키며 그 집 아이들이 어느 학교에 다니는지 물었다. 다행히 아들과 같은 학교였다.

"우리 애 좀 실어줄 수 있어요?"

나는 평소에 한마디도 해본 적 없는 남자에게 아이를 맡겼다. 불안이 많은 내 성격을 생각하면 이례적인 일이었다. 아들을 옆집 남자의 차에 태워 학교에 보낸 후, 집안으로 들어가 포대기를 꺼내 딸아이를 업고 밖으로 나왔다. 차에 오를 수도 없고 비탈길 한가운데 차를 내버려둘 수도 없었다. 무엇을 어떻게 해야 할지 대책이 서질 않았다. 이대로 눈이 녹기를 기다려야 할까. 아이의 머리에도 내 머리에도 새로 내린 눈이 쌓이기 시작했다. 그때 지나가던 트럭 한 대가 섰다. 차에서 내린 백인 남자는 작은 키에 깡마르고 말이 어눌했다. 청회색의 낡은 야구모자를 쓴 남자의 입성은 초라했다. 남자는 자신을 이웃이라 소개하며 을씨년스러운 날씨에 어울리지 않게 활짝 웃었다.

"내가 좀 도와줄까?"

남자는 이미 상황을 파악한 듯했다. 나는 도움이 간절히 필요했지만 이 남자의 의도를 먼저 알아야 했다.

"내가 눈이 아주 많이 내리는 동부에서 왔어. 이런 일에 매우 익숙하지. 이 차를 저기 평지에 내려다주면 될까?"

나는 낯선 남자의 도움을 받는 것이 익숙하지 않았다. 내게 접근하는 이유가 뭐지? 어리숙해 보이는 동양인 여자에게 꼭 약물중독자 같은 이 남성이 원하는 것은 뭘까? 돈? 이 집 내 집 아니야. 나도 세 들어 사는 거야. 그리고 나 남편도 있어. 동양인 여자에 대한 호기심? 그런 거 가지지 마, 무서워. 짧은 순간 많은 생각이 들락거렸지만, 마음과는 달리 어느새 나는 고개를 끄덕이며 그의 도움을 받아들이고 있었다. 차를 그대로 두는 게 너무 무섭기 때문이었다. 그냥 순수하게 돕고 싶은 것일지도 몰라. 나는 다급했으므로 나를 설득했다. 자동차 열쇠를 그에게 건네주었다. 그가 나의 밴에 올라 시동을 걸었다. 어마어마한 할부금을 안고 산 지 석 달밖에 되지 않은 새 차였다. 혹시 내 차를 타고 달아나버리면 어떡하지. 그가 타고 온 트럭을 보았다. 트럭의 짐칸에는 삽과 들통과 용도를 알 수 없는 장비들이 어지럽게 널려 있었다. 버려도 주워 가지 않을 만큼 낡은 차였다.

남자는 내 차를 조금 움직이고 남편의 승용차를 먼저 안전한 곳에 주차했다. 삽으로 밴 주변의 눈을 파고 쓸고 치웠다. 눈이 많은 곳에서 왔다는 남자에게도 눈 쌓인 경사로에서 차를 움직이는 것은 쉽지 않아 보였다. 그렇게 그는 땀을 뻘뻘 흘리며 일했다. 그가 지나치게 열심히 일하는 것을 보자 다시 불안이 슬슬 밀려들었다. 돈을 줘야겠지? 얼마나 줘야 할까? 집에 들어가 화장실을 쓰겠다거나, 따뜻한 차를 마시자고 하면 뭐라 하지? 그러다가 나를 해치거나 덮치면? 아니, 그 전에 그냥 돈을 주자. 20달러? 50달러? 그건 너무 많지 않나. 남편 하루 일당의 반을 줄 수는 없지. 저 사람이 먼저 돕겠다고 했으니 그렇게 많은 돈을 요구하지는 않을 거야. 나는 집안으로 들어가 숨겨둔 비상금을 호주머니에 넣고 만일에 대비했다.

그사이 드라이브웨이는 깨끗이 치워져 있었다. 남자는 우리에게는 없는 삽으로 능숙하게 일을 마치고 열쇠를 내게 돌려주었다. 나는 조마조마한 마음으로 남자의 다음 말을 기다렸다. 달라고 하면 줘야지, 뭐. 그래도 너무 터무니없이 많이 달라고 하면 싸울까? 아님 불쌍한 척할까?

남자는 눈을 치우는 데 사용한 끝이 일직선인 삽을 내게 내밀었다. 왜? 하는 표정으로 남자를 쳐다보았다. 이걸 사라는 말이야? 그런 속셈이었다고? 그럼 그렇지. 나 이거 필요 없어. 나는 완강히 고개를 저었다.

"내게 다른 삽도 있어. 이건 네가 써. 선물이야. 앞으로 필요할 일이 있을 거야. 이렇게 눈이 많이 내리는 날에는 차에 싣고 다녀. 바퀴가 파묻힐 때 눈을 파내기 쉬울 거야."

그래서? 나는 여전히 의심을 풀지 않고 본론을 기다렸다.

"이제 일을 마쳤으니 집에 가서 좀 쉬어야겠다. 어제 밤새 일하고 이제 돌아오는 길이거든."

남자는 돈 이야기도, 집에 들어가서 화장실을 쓰겠다는 말도 하지 않고 돌아섰다. 이렇게 가면 안 되지. 나는 급히 그를 불러 세웠다. 그리고 두 번 접은 20달러짜리 지폐를 내밀었다.

"너무 적지? 적지만 받아줘."

"노!"

남자는 고개를 저었다. 그래도 돈을 내밀었다. 깔끔하게 끝내고 싶었다.

"이건 그냥 내가 돕고 싶어서 도운 거야. 돈 때문에 한 게 아니야. 이웃끼리는 이렇게 도우면서 사는 거잖아. 안전하고 좋은 날 보내!"

20달러쯤 주고 정리하고 싶었던 내 계획은 예상치 못한 남자의 거부로 실행되지 못했다. 나는 20달러를 든 채, 트럭에 올라타고 떠나는 남자를 망연히 바라보았다. 나보다 더 불쌍해 보이는 사람이 순수한 의도로 나를 돕는다고? 그가 그렇게 떠난 후에도 나는 선뜻 그의 선의를 믿지 못하고 내 논리 속에 그의 의도를 집어넣어보려 애썼다. 오래지 않아 나의 억지가 부끄러워졌다.

그 집에서 나는 아이들을 키우며 닥치는 대로 일했고, 어찌어찌해서 내 집을 마련해 이사했다. 이사하면서 폭이 넓고 가볍고 단단한 플라스틱 눈삽도 무려 두 개나 샀다. 그가 내게 던져주고 간 삽은 이십 년이 지난 지금도 우리집 뒷마당에 있다. 그 삽은 끝이 일직선이라 땅을 팔 때는 부적절하지만 봄에 새로운 흙을 꽃밭에 덮어줄 때는 매우 유용하다. 눈이 오는 날이면 괜스레 남자의 쇠삽으로 마당의 눈을 밀어보곤 한다. 그 남자는 내게 왜 그랬을까. 나의 논리로 쉽게 이해할 수 없었던 그의 선의와 여태도 터무니없이 선명한 나의 두려움이 떠오른다. 선의를 선의로 받아들이기 위해서 우리에게 필요한 것은 어쩜 논리가 아니라 용기일지도 몰라. 선의는 머리에서 나오는 것이 아니라 가슴에서 나오는 것이니 가슴으로 느끼는 게 맞을지도 몰라. 오랜 세월이 지나서야 문득 그런 생각이 드는 것이다. 🐟

버리지 못하는 마음

남편이 무선 키보드를 가지고 왔다. 두 개나 가지고 왔다. 회사에서 필요한 사람이 있으면 가져가라고 무선 키보드 수십 개가 든 박스를 통째로 풀었다고 했다. 그는 혹시나 해서 두 개만 가져왔지만 필요하면 얼마든지 더 가져다주겠다고 수렵에 성공한 가장의 냄새를 풍기면서 말했다. 남편은 이게 이름 있는 키보드라는 말도 잊지 않았다.

"키보드가 먹어치우는 것도 아니고, 볼일 볼 때마다 쓰는 휴지도 아닌데 뭐 그리 많이 필요할까?"

나는 반갑기도 안 반갑기도 한 마음으로 그리 말했다. 딱히 필요해 보이지는 않았지만, 그렇다고 가지고 온 것을 돌려보내진 못했다. 예상했던 대로 딸아이는 거들떠보지도 않았다. 박스도 뜯지 않은 멀쩡한 그것이 볼수록 아까워 내 마음은 점점 무거워졌다. 그렇다면 나라도 써야 하지 않을까. 공짜라잖아. 멀쩡하게 잘 사용하던 노트북을 내 몸에서 멀리, 눈높이의 거치대에 올리고 무선 키보드를 연결했다. 어깨를 뒤로 빼고 허리를 곧추세웠다. 이렇게 쓰면 어깨가 안 아프다는 말을 어디서 들은 것도 같았다.

아, 그런데 글이 안 써졌다. 흐름이 뚝뚝 끊겼다. 십수 년 노트북으로만 작업했는데 높이도 다르고 터치감도 너무 다른 키보드에 금세 적응될 리가 없었다. 키보드에서 손가락이 미끄러지고 오타를 찍다가 지우고 다시 타이핑을 하는 사이 겨우 붙잡은 생각마저 호르르 날아가버렸다. 그래도 공짜니까. 나는 미련을 버리지 못하고 몇 번 더 적응 훈련을 했다. 필요가 물건을 만드는 게 아니라 물건이 필요를 만드는 형국이었다. 제발 이 키보드가 내게 꼭 필요한 물건이기를! 하지만 아쉽게도 거기까지였다. 그렇게 키보드는 내게도 버림받고 애물단지가 되어 책상에서 식탁으로, 다시 피아노 위로, 선반 위로 옮겨 다니고 있다. 새 거니까 아마 버리지 못할 것이다. 주위에 줄 사람도 없고 상하지도 않을 테니 이렇게 굴러다니다가 다음에 이사할 때쯤에나 오래 참았다며 버리지 않을까. 마치 냉장고 안에 넣어둔 찬밥이 상하기를 기다렸다가 버리는 것처럼. 죄책감이 무뎌지기를 기다리겠지.

집안에 굴러다니는 것들을 보면 왜 필요도 없는 걸 가지고 왔나 반성도 하지만, 없이 살다보니 누가 공짜라고 주는 걸 잘 거절하지 못한다. 이민 초기에는 더 심했다. 밥공기와 수저까지 남이 쓰던 걸 얻어다 썼다. 어느 날 보니 온통 남이 쓰던 물건에 둘러싸여 있었다. 취향이란 게 사라져버렸다. 주로 친하게 지내던 유학생 가족이 한국으로 돌아갈 때 준 것들이었다. 버리기는 아깝고, 비싼 배송비를 물어가며 한국으로 가지고 갈 만큼의 가치는 없고, 팔려니 번거롭고. 그런 것들이 내 차지였다. 꼭 필요한 것도 있었지만 대부분 있어도 그만 없어도 그만인 것들이었다. 반갑지 않은 것도 많았다. 그래도 거절은 못 했다. 공짜가 그리 무섭다. 언젠가는 쓸 데가 있을 거라고 스스로 세뇌했을 것이다. 내가 갖지 않으면 한국으로 돌아가야 할 그 친구가 난감할 것 아니냐며 필요한 사람이 생길 때까지 맡아두자, 선의를 가장했을 것이다. 그러다보니 식탁이며 소파며 책상, 침대까지도 남이 쓰던 물건이었다. 그렇게 몇 개씩 얻어다 둔 코렐 접시는 육십 개가 되어 식당을 차려도 될 판이었다. 그 후로 코렐은 십수 년을 더 썼지만 과연 명성대로 징그럽게 깨지지도 않은 채, 이것 때문에 새 접시를 살 수도 없다며 툴툴거리는 내 미움을 받아냈다.

정신을 차려보니 어느새 나는 늙어가고, 아직도 온통 남의 취향에 둘러싸여 살고 있다. 누군가 취향이 사람을 규정한다고 했던가. 난들 애착이 가는 물건을 쓰며 취향대로 살고 싶은 꿈이 없겠는가. 더 늙기 전에 무겁고 다루기 힘들지만 품위 있는 그릇을 한 번쯤은 써보고 싶기도 했다. 그래서 큰 결심을 하고 얻어 온 남의 취향을 박스에 차곡차곡 담아 기부하기도 했다. 주위에 혹시 그릇이 필요하지 않냐고 괜히 묻고 다니기도 했다. 나와 비슷하게 고생하고 비슷하게 살 만해진 친구들도 이젠 공짜라도 싫다며 고개를 내저었다. 이사할 때는 또 어떤가. 사용한 적도 없고, 앞으로도 사용할 것 같지 않은, 왜 그게 이 집에 이리 오래 버티고 있었는지 도무지 이해되지 않는 애물덩어리가 또 얼마나 많은가. 그럴 땐 내 탐욕에 좌절하고 잠시나마 성찰도 한다. 다시는 공짜라고 덜컥 받지 않으리라. 이것이 모두 나를 망가뜨리는 욕심이다. 하지만 그건 또 얼마나 얕은 결심인지. 누가 공짜로 뭘 준다고 하면 굳게 다진 마음보다 입이 먼저 사고를 친다. "좋지요!"

구 년 전, 아이의 수술을 앞두고 소파를 샀다. 수술 후에도 오래 누워 요양을 해야 해서 눕기 편한 소파를 찾았다. 덕분에 아이뿐만 아니라 온 가족이 참 열심히 누워 뒹굴었다. 이제 그 소파는 낡았다. 마침 딱 마음에 드는 선이 고운 소파를 봐둔 게 있어, 큰맘 먹고 이번 참에 바꾸기로 했다. 쓰던 소파를 버리려고 보니, 이음새가 벌어져 시접이 보이고 쿠션이 조금 내려앉기는 했지만 버릴 정도는 아니었다.

"영 버리지는 말고 지하로 내려보내자."

나는 필요 없는 물건을 쟁여두지 않으리라던 결심을 까맣게 잊고 말간 얼굴로 남편에게 동의를 구했다.

"가족의 추억이 방울방울 한 걸 급하게 버릴 이유가 없지. 그건 그대로 소중하니까."

요즘 부쩍 물건에 혼을 불어넣는 남편이 맘에 쏙 드는 대답을 했다. 하지만 이제 남편도 나도 기운이 달려 다섯 덩어리의 소파를 지하로 옮기는 게 여간 고역이 아니었다. 이러다가 소파 값만큼 약값이 들겠다고 궁시렁거리며 밀고 굴리고 바닥에 흠집을 만들어가며 겨우 지하에 내렸다. 그러고 보니 기존의 얻어온 소파와 일층에서 새로 내려온 소파로 창고가 가구점같이 빽빽했다.

"이거 버릴 땐 사람 불러야겠다. 지하에서 위로 올리는 건 더 힘들 거야. 더는 못 들겠다."

남편이 숨을 몰아쉬며 말했다. 이제는 뭘 얻어 와도 공짜가 아니구나. 버릴 때는 돈 많이 들 텐데. 남편과 나는 대책인지 반성인지를 서로 주고받았지만, 말과는 달리 소파를 이리저리 옮기며 자리를 찾았다. 힘들게 내린 게 아깝다며, 혹시라도 애들이 친구들을 많이 불러서 파티라도 하면 이 소파가 유용할 거라며, 우리는 한동안 또 그렇게 소파에 눌려 살 게 뻔했다.

오늘 들여온 새 소파는 차에서 집안까지, 계단 네 개와 5미터쯤 되는 평지를 더 옮기는 비용으로 배달료에다 50달러를 추가로 지불해야 했다. 젊고 건장한 남자 둘이 두 덩이의 소파를 휴지 나르듯 가볍게 집에 들여주고 갔다. 너무 쉬워 보여 짜증이 날 판이었다. 돌아가는 그들을 보며 나는 속으로 중얼거렸다.

　'젊어서 좋겠다. 버리기도 얼마나 쉬울까.' 🪶

미안하다고 말하지 마

낯선 나라에 와서 살다보면 힘든 일이 많지만 그중에서도 언어의 장벽은 단연코 제일 큰 골칫거리다. 언어 능력 때문에 나의 지적 수준을 의심받고, 어눌한 말 때문에 생각마저 뭉개진 사람으로 취급받을 때는 또 얼마나 많았던가.

언젠가 인터뷰에서 영어 때문에 생긴 에피소드를 들려달라는 요청을 받았다. 그때 떠오른 것이 '포 히어 투 고'였다. 이민 온 지 며칠 되지 않았을 때 패스트푸드점에서 주문을 하고 그 질문을 받았다. 그건 그때까지 한 번도 들어본 적이 없는 낯선 말이었다. 나는 이러지도 저러지도 못하고 멍하니 캐셔만 쳐다보다 쏘리, 라고 대답하고 말았다. 어찌어찌 햄버거를 받아 들고 앉았는데 내 자신이 너무 실망스럽고 속이 상해 먹을 수 없었다. 아무리 타국이어도 밥도 제대로 주문하지 못하다니!

그 이야기를 친구에게 했더니 친구는 "포four는 히어here이고 투two는 고go, 네 명은 여기서 먹고 두 명은 나가서 먹으라는 말이야"라며 농담을 했다. 알고 보니 이민자들 사이에서는 꽤 알려진 농담이었다. 'For here, to go'가 여기서 먹을 거냐, 가지고 갈 거냐를 묻는 것이며 음료나 음식을 주문할 때면 언제나 받는 흔하디흔한 질문이라는 걸 얼마 지나지 않아 알게 되었다. 그 질문 앞에서 나처럼 망연해진 사람이 많다는 것도 알았다. 그렇다 하더라도 그때의 민망함을 쉬이 잊을 수는 없었다. 하긴 민망한 순간이 어디 그때뿐이었을까. 사실 그건 훗날 펼쳐질 유구한 민망함과 억울함의 귀여운 시작에 불과했다.

한국에서 짐을 별로 가지고 오지 않아 이케아에서 급히 소파를 샀을 때는 또 어땠나. 배달 오기로 한 날 아침, 업체에서 미리 전화가 왔다. 전화를 받은 남편이 한시에 배달이 올 거라고 말했고 우리는 마음을 푹 놓고 교회에 다녀왔다. 한시가 지나고 아무리 기다려도 배달이 오지 않아 업체에 전화했더니 배달 시간이 한시가 아니라 전화한 그때부터 한 시간 후였다는 것이다. 그러니 우리집에 배달을 온 사람은 헛걸음하고 이미 돌아간 상태였다. 다시 배달료를 지불하고서야 소파가 배달되었는데, 그때 우리 부부는 서로 민망해서 한동안 마주 보고 말을 섞지 못했다.

그 후로도 이런 일은 부지기수였다. 그렇다고 그럴 때마다 울고 있을 수는 없는 법이고 인간은 적응의 동물이기도 했으니까 그냥저냥 살아졌다. 나의 무지에 얼마간 뻔뻔스러워지고, 어중간한 이해와 오해의 상태에 차츰 익숙해지는 것이 영어에 능숙해지는 것보다는 쉬웠으니까.

P를 만난 것은 2005년쯤이었다. 대학 친구의 막냇동생 P가 온다는 소식을 듣고 공항에 마중을 나가 그를 처음 만났다. 그는 탈색을 무려 세 번씩이나 해 노랗다못해 하얀빛이 나는 머리를 하고 있었는데, 주관이 강한 외모와는 달리 수줍음이 많고 잘 웃었다. 그는 몇 달 전에 전역했고 대학에 복학하기 전에 영어 공부를 하기 위해 밴쿠버로 왔다고 했다. 나는 P를 보자마자 마음에 들었다. 우리는 열 살이 넘는 나이 차이에도 통하는 게 많아 자주 어울렸다.

P는 서쪽 끝 바다에 면한 대학의 어학과정에 등록하고, 유학원에서 소개해준 폴란드인의 집에 짐을 풀었다. 영어를 배워보겠다는 포부 때문에 일부러 영어 사용자의 집에 하숙을 정한 것이었다. P의 방은 지하라 춥고 눅눅했다. 남편과 나는 선풍기 모양의 히터를 사서 P를 방문했지만 외부인을 들이지 말라는 규율이 있어 집안으로는 들어갈 수 없었다. 나름 규율이 엄격한 집이었다.

한번은 P가 교통사고로 길이 막혀 버스가 정체되는 바람에 저녁 시간이 지나 하숙집에 도착했다. 집으로 들어가보니 주인 가족은 식사를 모두 마쳤는지 부엌이 깨끗이 정리되어 있었다. 미련을 가지고 부엌을 어슬렁거려보았지만 아무도 나오지 않았다. 주변에 마트도 식당도 없는 주택가였다. 주인을 불러 물어볼 수도 있었겠지만 영어로 어떻게 말해야 할지 엄두가 나지 않았고, 난생처음 함께 사는 외국인이라 야밤에 방문을 두드려가며 말을 거는 게 실례는 아닐까 조심스럽기도 했다. 그렇게 배고픔을 참고 잠든 다음날 아침 식사 자리에서 만난 주인 남자는 P를 걱정하는 대신 오히려 P에게 역정을 냈다.

"오븐 속에 넣어둔 저녁을 왜 먹지 않았나요? 저녁 시간에 도착하지 않을 거면 미리 알려줘야 하는 거 아닌가요?"

P는 저녁을 굶고 잔 것도 서러운데 항의까지 받으니 분한 마음이 들었다. 그는 머릿속으로 할말을 정리했다. 버스 안이라 전화를 할 수 없었고(그때만 해도 휴대전화가 대중적이지 않았다), 길이 막힐 줄을 몰랐으므로 미리 알려줄 수도 없었다. 더구나 저녁 식사를 오븐에 넣어두었다면 누군가는 그걸 알려줘야 하는 거 아니냐. 무슨 보물찾기도 아니고 오븐 속에 넣어둔 음식을 내가 어떻게 알고 찾겠냐. 말이 나왔으니 하는 말이지만 집이 왜 이리 춥냐, 지하는 왜 난방을 하지 않느냐, 추워서 잠을 잘 수가 없다. P는 당당히 할말을 하겠다는 마음으로 입을 열었다.

"I am sorry! But……(1분여 침묵) I am sorry!"

P의 인생에서 가장 긴 일분이 흘렀다. 도무지 다음 말을 영어로 어떻게 해야 할지 떠오르지 않았던 것이다. 시작은 창대했으나 그만 미안하다는 말만 두 번 외치다 한없이 미약한 결과를 얻게 된 것이었다. 그 이야기를 듣고 며칠 후가 마침 그의 생일이었다. P의 생일을 맞아 우리집에서 작은 파티를 열기로 했다. 나는 그의 생일 케이크에 이렇게 썼다.

"Don't be sorry any more.(더이상 미안하다고 말하지 마.)"

웃자고 쓴 말이었지만 우습기만 한 말은 아니었다. 그 시절 나는, 우리는, 미안하지도 않으면서 너무 자주 미안하다고 말했다. 그게 쉬웠고 간단했으니까. 자존심이나 자존감마저 종종 사치로 여겨졌으니까. 그러니 미안하지 않은 일에 사과하지 않아도 될 만큼 영어 공부를 열심히 해보자, 그런 의미가 더 컸으리라.

그즈음, 남편은 자동차 타이어 압이 너무 낮아 혹시 펑크가 난 것이 아닐까 해서 AS를 받으러 간 적이 있었다. 그 가게의 타이어에는 그런 서비스가 포함되어 있어 인기가 많았다. 그날따라 서비스를 받으려는 사람들로 가게가 붐볐다. 남편은 방문 이유와 차량 정보를 적은 종이를 들고 긴 줄 끝에 서서 차례를 기다렸다. 한 시간이 지나고서야 남편의 순서가 왔다.

"무슨 일로 왔죠?"

직원은 처음부터 고자세였다.

"타이어 압이 너무 낮은데 확신할 수 없지만 펑크인 것 같아요. 점검을 한번 받고 싶어요."

남편이 말했다. 직원이 갑자기 신경질적으로 남편의 신청서를 뿍뿍 찢어 휴지통에 던졌다.

"다시 체크하고 오세요. 그렇게 애매한 것까지 우리가 일일이 확인해줄 수 없으니까."

직원의 태도는 부당했다. 타이어를 점검하는 것이 그들의 일이었다. 대부분의 사람들이 그런 이유로 왔고 줄을 섰고 서비스를 받았다. 동양인 이민자를 만만하게 여기는 탓에 그런 식의 차별을 당하는 게 그리 드문 경우는 아니었다. 때론 알아도 모르는 척했다. 모멸감을 느끼기도 했지만 참고 견뎠다. 하지만 그날따라 남편은 참을 수 없는 심정이 되었다고 했다. 그는 탁자를 양손으로 단단히 잡고, 눈을 부릅뜨고 힘주어 말했다. 만만하게 보이지 않으려 최선을 다해 또박또박.

"Pick up the paper!(종이 주워요!) 매니저와 이야기할 테니 매니저를 불러요! 당신의 응대는 문제가 있군요."

예상치 못한 반격에 놀란 직원이 휴지통에서 찢어진 종이 쪼가리들을 주워서 스카치테이프로 하나씩 하나씩 붙이기 시작했다. 연신 미안하다고 사과하면서.

P, 동네 친구 K, 우리집에서 학교를 다니던 조카 등이 모여 맥주를 한잔하는 자리에서 남편은 자랑스럽게 그날 일을 말했

　　　　　1부　바람이 불고 비가 내린다

다. 우리는 매우 감동한 얼굴로 남편의 무용담을 들으며 마지막에는 박수까지 쳤다. 남편은 전쟁에서 이긴 용사의 얼굴로 덧붙였다.

"이것들이 가만히 있으면 진짜 바보인 줄 안다니까!"

"잘하셨어요, 삼촌. 최고!"

조카가 말했다. 그때 시종 의심을 거두지 않던 P가 은근한 목소리로 되물었다.

"형님, 픽 업 더 페이퍼가 아이고 아이 엠 쏘리, 한 거 아임미까. 아무래도 그거 같은데요. 아이 엠 쏘 쏘리! 에이, 맞죠?"

일행은 모두 웃느라 쓰러졌다. 그렇잖아도 남편의 대응이 평소와 너무 다르다고 생각했던 나도 의심의 눈초리를 보냈다.

'땡큐'와 '바이'가 노상 입에 붙어 있던 샌드위치 가게 사장 시절, 모자란 언어 실력을 웃음과 친절로 무마하려던 순진했던 이민 초기에도 여러 일이 있었다. 하루는 가게 화장실을 좀 쓰자는 마약중독자에게 내키지 않았지만 화장실을 빌려줬다. 내가 친절해서라기보다는 말싸움에서 이길 자신이 없어서 그랬다. 종종 그들이 나타나 화장실에서 팔을 걷어 마약 주사를 놓고 몸을 씻기도 한다는 말을 전 주인에게 들었던 터라 편치 않았지만 어쩔 수 없었다. 나는 화장실 앞을 서성이며 초조한 마음으로 그가 화장실에서 나오기를 기다렸다. 삼십분이 지나서야 밖으로 나온 그는 마치 제집인 듯 당당히 홀을 둘러보다 떠났다. 물론 음식을 사 먹지는 않았다. 나는 그렇게 떠나는 그의 등에 대고 소리쳤다.

"땡큐! 바이!"

내 입에서 쏟아지는 말들이 어찌나 발랄하던지. 하마터면 또 오라는 말도 할 뻔했다. 내 마음과는 다르게 뱉어버린 그 말에 며칠 낯이 뜨거웠다. 그 이야기를 들은 친구는 자신의 편의점에서 물건을 훔쳐 달아나는 도둑을 뒤쫓으며 익스큐즈 미, 익스큐즈 미, 라고 소리친 이야기로 나를 위로했다. 내 물건을 훔친 도둑에게 실례합니다, 라니!

그날 집으로 돌아간 그녀는 고등학생 아들에게 영어로 된 욕을 전부 다 적어달라고 울분에 차서 말했다고 했다. 도둑맞은 물건보다 도둑맞은 친절이 더 억울하다던 그녀가 아들에게 배운 영어 욕을 제대로 써봤는지는 모르겠다.

부디 이 땅의 이민자들이 마음에도 없는 땡큐와 쏘리를 더 이상 남발하지 않아도 되는 세상이 왔으면 좋겠다. 🖋

결혼기념일

결혼기념일이었다. 남편이 〈조커〉를 보러 가자고 했다. 조커라니. 〈배트맨〉에 나오는 그 조커 말인가? 〈다크 나이트〉를 밴쿠버의 어느 극장에서 보았을 때의 난감했던 기억이 떠올랐다. 뭉개진 발음과 히어로 영화에 대한 무관심과 맥락에 대한 몰이해로 영어가 들리지 않았는데 자막은 당연히 없었다. 종종 극장에 가서 자막 없는 영화를 봤지만 그렇게 난감한 적은 처음이었다. 꽤 심오한 철학을 담아냈다며 히어로 영화 사상 유래가 없는 호평이 쏟아졌던 영화를 보면서 나는 감동 대신 자괴감에 시달렸다.

그 기억 때문에 마지막까지 갈까 말까 망설였다. 상영 시간이 가까워오니 아파서라도 안 가고 싶어서 감기 기운이 느껴질 정도였다. 하지만 결국 화장을 하고 옷을 차려입고 집을 나섰다. 결혼기념일이니까, 영화를 본 후 근처 식당에서 저녁을 먹기로 했으니까 가긴 가야 했다. 평일인데도 극장은 거의 만석이었다. 비교적 늦게 예약한 탓에 앞에서 네번째 줄에 겨우 자리를 잡았다. 상영관을 쩌렁쩌렁 울리는 음악과 짧고 감각적인 테이크로 초반부터 정신을 차릴 수가 없었다. 사람들의 웃음이 왁자하게 퍼졌다. 알아듣는 유머도 있었지만 못 알아듣는 해학도 많았다. 저건 슬픈 건가? 우스운 건가? 주체적인 감상에 앞서 나는 정답을 알아맞히려는 아이처럼 어정쩡한 표정으로 주변의 눈치를 살폈다. 남들이 웃는 지점에 맞춰서 비슷하게 웃고, 남들이 진지하면 나도 엄숙한 표정을 지었다. 줏대도 없이 저절로 그리되었다. 그러다 슬슬 부아가 났다. 이건 뭐 감상이 아니라 시험이잖아.

사실 그날은 화면 밖의 사정도 별로 좋지 못했다. 남편 앞 좌석의 남자 때문이었다. 앞자리에 앉은 남자는 덩치가 크고 주의가 매우 산만했다. 팝콘과 음료수를 옆의 빈자리에 올려두고 매번 그 큰 팔로 반원을 그리며 팝콘을 먹느라 화면 위로 남자의 팔이 왔다갔다했다. 게다가 그는 다리를 쭉 뻗고 좌석을 뒤로 젖혀 눕다시피 해, 그의 머리가 남편의 가랑이 사이에 놓였다. 남편은 그의 머리가 자신의 다리에 닿지 않게 다리를 양쪽으로 벌려 공간을 마련했다. 그가 좌석을 뒤로 더 젖힐수록 남편의 짧은 다리는 체조라도 하듯 더 벌어졌다. 심하게 불편해

보였다. 남자는 팝콘을 웬만큼 먹고는 본격적으로 드러누웠다. 내 속은 점점 끓어올랐다.

영화는 우리에게 내재된 피학被虐과 가학加虐의 양면을 이야기하는 듯했다. 희극과 비극을 뒤섞고, 약자와 강자를 뒤섞고, 피해자와 피의자를 뒤섞어 마구 흔들었다. 명확하게 이해하지 못해도 그 어디쯤에서 직관적으로 나를 건드리는 게 있었다. 영화 밖의 상황이 바로 그러했으니까. 남자는 부주의했고 무례했다. 그는 의식하지 못하는 사이에 우리의 결혼기념일 저녁을 엉망으로 만들고 있었다. 수많은 곡절을 함께 헤쳐 나온 동지와 지난 시간을 축하하고 축복해야 하는 시간에 나는 뜻밖의 번뇌에 휩싸여 수만 가지 생각을 하다가 영화 속의 조커처럼 점점 참을 수 없는 심정이 되어갔다. 어느새 나는 남자를 앞으로 밀쳐버리거나 머리를 주먹으로 한 대 치는 상상을 했다.

'좌석을 너무 뒤로 젖히지 마세요. 당신의 머리가 뒷사람의 다리 사이에 있습니다. 이건 옳지 않아요.'

나는 입 밖에 내지도 못하는 문장을 영어로 만들고 수정했다. 수백 번 연습하면서도 막상 아무 말도 하지 못하고 속만 끓였던 이유는 그가 험악한 인상에 덩치가 큰 젊은 백인 남자여서가 아니었다.

내가 손으로 그를 가리키며 남편을 흔들어 부를 때마다 남편은 '괜찮아'라고 입 모양으로 말했다. 남자는 남편의 앞자리이고 불편한 사람은 남편인데, 그가 괜찮다는데 내가 나서는 게 맞나. 괜히 내가 설레발을 쳐서 남편을 더 무안하게 만드는 건 아닐까. 그러면 남편은 그 남자보다 내가 더 원망스러울지도 몰라. 하지만 저 녀석의 태도는 너무 참아주기 힘든걸. 남편은 왜 저런 불편한 자세로 부당한 대우를 받으면서도 분노하지 않을까. 앞 좌석 남자는 편안해 보이고 남편은 벌을 받는 것처럼 보이는데. 그게 아무렇지도 않다고? 화면 속 조커가 슬슬 복수를 준비하는 동안 나의 분노는 앞 좌석 남자에게서 남편에게로 옮겨갔다. 착한 거야, 바보인 거야? 이게 평화를 사랑해서라고? 단지 갈등이 생기는 게 두려운 거 아니야? 부당함에 맞서지 못하는 평화가 무슨 소용이야? 그건 그냥 비굴한 것뿐이지.

어쩌면 남자는 자신이 뒷좌석에 어떤 불편을 주고 있는지 모를 수도 있어. 알면 깜짝 놀라며 죄송하다고 공손히 사과할 수도 있지. 그렇다면 남자가 자신도 모르는 무례를 더 범하기 전에 알려주는 게 낫지 않을까. 그러니 남자에게 말하는 건 항의가 아니라 알려주는 거야. 나는 이제 나를 설득하기 시작했다. 봐, 스무 명이 넘게 나란히 앉은 앞줄에 이 남자만큼 좌석을 밀어젖힌 사람은 아무도 없잖아.

남자가 깍지 낀 두 손을 머리 아래 받치고 좌석을 뒤로 더 젖혀 벌렁 드러누웠을 때, 그러느라 그의 팔꿈치가 남편의 다리에 닿았을 때, 남의 다리를 치고 사과도 없는 남자를 보았을 때 더

이상 참지 못하고 나는 그 남자의 어깨를 손으로 툭툭 쳤다.

"바로 좀 앉아요. 이건 누가 봐도 투 머치잖아요!"

단호한 말투로 내가 말했다. 내내 연습하던 문장은 아니었다. 그렇지만 내가 들어도 분기 가득한 목소리였다. 그가 머쓱한 표정으로 자세를 바로 했다. 화면 속에서는 마침 빨간 양복에 노란 조끼를 받쳐 입고 흰 분칠을 한 조커가 계단에서 춤을 추고 있었다. 나는 승리의 기쁨으로 어둠 속에서 슬며시 웃다가, 남편의 눈치가 보여 얼른 웃음을 거두었다.

따지고 보면 남편은 내가 알던 지난 세월 내내 그런 말을 안 하는 사람이었다. 스물여섯의 청년일 때도 그랬다. 나는 그가 착해서 좋았다. 그의 어진 마음이 귀했다. 그 성정을 닮고 싶기도 했다. 하지만 함께 지난한 세월을 살아내는 동안, 불화를 싫어하고 갈등을 피하고 참는 것을 최고의 미덕이라 여기는 그가 겁쟁이 같아 싫은 적도 많았다. 그가 그의 자애로움을 유지하는 동안 나는 점점 더 투사가 되어야 했고 그게 억울할 때도 있었다. 그런데 이 밤에는 웬지 그가 측은해서 자꾸 고개를 돌려 그의 기색을 살폈다.

"어휴, 아까 그 남자 아내는 고생이 많을 거야. 사람이 배려도 없고 매너도 없잖아. 그래놓고 미안하다는 말도 없고. 집에서는 틀림없이 더 엉망일 거야."

극장을 나오면서 나는 괜히 남편에게 말을 걸었다. 남편은 여전히 사람 좋은 표정으로 고개를 약간 끄덕였다.

 삼십 년은 긴 세월이었다. 그동안 나를 매료하던 장점은 나에게 고난을 주는 단점이 되었고, 이젠 그 단점이 다시 연민이 되고 있다. 가끔은 연민이 사랑보다 더 힘이 세다는 말을 하면서 그렇게 함께 세월을 지나간다. 🖋

히어링과 리스닝

결혼을 하고 함께 살다보면 그 사람을 제대로 알게 된다고들 한다. 열렬히 연애할 때, 그러니까 보기만 해도 좋아죽겠던 그 시절에는 보이지 않던 것이 결혼하고 나면 콩깍지가 한꺼번에 벗겨지며 다 보인다고. 정말 그럴까? 난 아무래도 그렇지 않은 것 같다. 어쩌면 한 사람을 제대로 아는 데는 한평생이 걸릴 수 도 있다. 설령 그게 살 부비고 함께 사는 남편이라 해도 말이다.

　연애 시절 남편은 꽤 든든한 사람이었다. 이민을 올 때까지 도 그는 그런 사람이었다. 막 해외여행 자율화 시대가 열렸던 80년대 말에 배낭을 메고 혼자 유럽 16개국을 다녔다고도 하 고, 대학 1학년 때는 걸어서 국토를 종주했다고도 했다. 고향 밖으로는 겨우 서울 정도 가본 게 전부였던 나는 그의 이야기 를 경외의 눈빛으로 듣곤 했다. 그가 여행하며 겪은 이야기들은 신기하고 황홀했다. 서투른 언어로 낯선 나라의 작은 호스텔에서 외국인과 함께 어울려 놀고 함께 여행하는 걸 보며 그에게는 사소한 두려움 따위는 없을 거라고 생각했다. 무거운 배낭을 짊어지고 베를린 장벽 앞에서 환하게 웃고 있는 그를 보며 그에게는 틀림없이 남다른 용기가 있을 거라고 믿었다. 대담하고 강인할 거야. 그렇지 않고서야 어떻게 혼자 저 많은 나라를 다녀? 예민하고 걱정 많은 나와는 달라. 나의 역마살과 그의 강한 정신이 만나면 우린 어디든 닿을 수 있을 거야. 어떤 어려움도 헤쳐나갈 수 있을 거야. 그런 오해가 바탕이 되어, 우여곡절을 겪어가며 캐나다 밴쿠버까지 왔다. 결혼한 지 오 년이 조금 지났을 때였다.

이민 와서 남편이 처음 가진 직업은 잔디를 깎는 일이었다. 두 달 만에 겨우 찾은 일이었다. 그해 여름 밴쿠버는 무척 더웠다. 삼층 목조 아파트 꼭대기 층이었던 우리집은 동쪽을 보고 있었는데 새벽 네시에 동이 트면 정오까지 햇살이 방 한 칸짜리 아파트에 빈틈없이 내리쪼였다. 새벽이면 남편은 한국 음식으로 도시락을 싸서 일터로 나갔다. 그리고 고강도의 노동과 더위에 지쳐 도시락을 열지도 못하고 핼쑥한 얼굴로 집으로 돌아왔다. 남편은 하루에 스무 곳이 넘는 집의 잔디를 깎는다고 말했다. 생전 처음 잔디 깎는 기계를 만져본 남편에게 그게 예

1부 바람이 불고 비가 내린다

삿일이 아니었던 모양이다. 남편이 잔디를 깎으러 나가면 나는 좁은 아파트에서 햇살을 피해 다니다가 더이상 견디지 못하고 네 살짜리 아들을 데리고 걸어서 갈 수 있는 근처 쇼핑몰로 갔다. 세련되고 화려한 쇼핑몰의 복도 벤치에 앉아 지나가는 사람들을 구경하며 공짜로 더위를 피하곤 했다. 커피를 사 먹는 돈이 아까워 병에 담아 간 물을 홀짝거렸다. 아이스크림이 먹고 싶다는 아이에게는 집에서 챙겨 간 요구르트를 떠먹이며 얼른 해가 지기를 기다렸다.

남편은 기본임금을 받으며 하루에 열두 시간씩 일했다. 사장은 큰 인심을 쓰듯이 현금으로 임금을 주겠다고 하면서 월급의 뒷자리를 슬그머니 떼먹곤 했다. 시간외수당도 없었다. 나는 남편이 착취당하는 걸 더이상 볼 수 없어 다른 일을 찾아보자고 설득했다. 그리고 한동안 또 일자리를 찾지 못했다.

통장 잔고는 가파르게 줄어들고 벌이는 하나도 없었다. 낯선 상황을 여행객처럼 즐길 수 있을 줄 알았던 기대와는 달리 나도 남편도 초조와 불안으로 잠을 설쳤다. 어느 날 남편은 아직 깜깜한 새벽 인력시장으로 일을 찾으러 나갔다. 마약중독자가 밤낮으로 몰리는 우범지대에 인력 사무소가 있었다. 거기서도 며칠 동안 일자리를 얻지 못하고 빈손으로 돌아왔다. 마침내 잡은 일은 극장 건설 현장의 잡부였다. 감독관은 요령 피우지 않고 부지런히 움직이는 남편을 콕 집어 내일도 일하러 나오라고 허락했다. 더이상 불확실한 일자리를 찾으러 새벽 인력 사무소에 나가지 않아도 되었다. 남편은 일당 110달러가 적힌 수표를 승리의 깃발처럼 흔들며 퇴근했다. 나는 잔디 깎는 일을 할 때의 배에 가까운 숫자가 적힌 일당 수표를 보고 또 보았다.

"내일도 오래! 아마 극장이 다 지어질 때까지 다닐 수 있을걸."

남편은 호기롭게 소리쳤다. 모든 것이 제자리를 잡은 듯했다. 더위도 한풀 꺾였고, 여유를 찾은 나는 남편의 이틀 치 일당으로 아이에게 새 자전거를 사주었다. 해질녘이면 자전거를 탄 아이와 함께 남편을 마중 나가곤 했다.

극장 현장에서 일한 지 열흘쯤 지났다. 현장의 스피커에서 안내 방송이 흘러나왔다.

"오늘은 현장 일꾼 여러분 모두 히어링 테스트를 하는 날입니다. 한 사람도 빠짐없이 열시부터 열두시 사이에 주차장 입구 쪽 노란 트럭으로 가서 히어링 테스트를 받으시기 바랍니다."

생각지도 못한 복병이었다. 영어시험을 친다고? 일은 겨우 알아듣고 할 수 있었지만 시험에 통과할 자신은 없었다. 왜 노동 현장에서 시험을 본다는 말인가! 보나 마나 테스트에 떨어질 것이다. 그럼 아내가 그렇게 좋아하는 수표도 더이상 받지 못할 것이다. 이 일자리도 끝장날 테니까. 둘째를 임신해 입덧이 시작된 아내에게 어떻게 말하지? 앞이 캄캄했다. 들키면 시험장으로 끌려가야 할 테니 일단 숨자. 숨을 수 있을 때까지 숨어서 버티기로 했다.

종종 트럭에서 시험을 치르고 만족스러운 얼굴로 현장에 돌아오는 이들이 있었다. 궁금했지만 테스트가 어땠는지 묻지 못했다. 물으면 시험을 안 쳤다는 걸 들킬 것이었다. 감독관의 눈을 피해 구석으로 다니며 열두시가 넘기를, 그래서 트럭이 그냥 돌아가기를 간절히 기도했다.

"헤이, 너, 새로 온 너 말이야. 시험 쳤어? 안 쳤으면 나 따라와. 그거 엄청 중요하다고."

어느새 나타난 감독관이 등 뒤에서 말했다. 어쩔 수 없이 감독이 친절하게 이끄는 대로 트럭으로 끌려 들어갔다. 트럭 안에 스튜디오가 있었다. 자포자기의 심정으로 준비된 헤드폰을 머리에 썼다. 시험관이 시험 방법을 설명했다. 무슨 소리인지 듣고 싶지도 않고 알아들을 수도 없었다. 이미 끝난 일이지 않은가. 될 대로 되라지! 드디어 문제가 나왔다.

'삐! 삐! 삐!'

이상한 소리에 놀라 시험감독을 쳐다보니 팔을 드는 시늉을 했다.

"들리는 쪽으로 팔을 들어."

시험감독이 답답한지 자신의 오른팔과 왼팔을 들어 보였다.

어라, 이거 학교 다닐 때 많이 해본 바로 그것 아닌가! 그렇다. 그제야 히어링 테스트가 영어 듣기 평가가 아니고 청력검사라는 것이 기억났다. 온몸의 긴장이 풀리고 노곤해지며 입가엔 자동으로 미소가 번졌다.

그날 남편은 일당 수표와 청력검사 통과증을 들고 집으로 돌아왔다. 마치 전선에서 살아 돌아온 사람처럼 의기양양하게 그것을 내밀었다. 그의 이야기를 듣고 나도 눈물 나게 웃었다. '청력검사 통과'가 명시된 신용카드 크기의 작은 종잇조각이 우리 앞날의 확고한 청신호라도 되는 듯 그윽하게 그것을 바라보기도 했다.

이십사 년이 지난 이야기지만 요즘도 가끔 남편과 그때 이야기를 하며 웃는다. 그러다가 문득 그런 생각이 나는 것이다. 유난히 마음이 여린, 서른이 조금 넘은 젊은 남자가 어린아이와 아내를 데리고 이국으로 와 그 막막함과 두려움을 들키지 않으려고 얼마나 애를 썼을까. 얼마나 가슴 졸였을까. 이제 나는 그가 그리 용감하지도 않고 배포가 큰 사람도 아니라는 것을 안다. 강인한 어른인 척하느라 죽을힘을 다해 버티고 있었다는 것을 안다. 물론 남자가 특별히 여자보다 더 용감해야 하는 것도 아니고 실제로 그리 용감한 존재도 아니라는 것을 안다. 그러니 그 시절 무거운 짐을 진 어린 남자가 더 애잔하게 기억나는 것이다.

목수로 살고 있는 남편은 지금까지도 매년 히어링 테스트를
받고 있다. 🖌

2부

알지만
모르는 사람들

서호시장

서울에서 함께 통영으로 내려간 내 친구를 대접한다며 언니가
데리고 간 곳은 서호시장의 한 복국집이었다. 꽤 알려진 식당인
지 입구에는 여러 방송국에서 다녀간 사진이 크게 걸려 있었
다. 실내는 깔끔했지만 아주 작았는데, 폭이 좁아 사다리 같은
계단을 밟고 올라가면 일층 홀 두 배 크기의 이층 방이 있었다.
우리는 신발을 벗고 모퉁이로 가서 하얀 비닐을 덮은 상 앞에
앉았다.

메뉴에는 까치복과 졸복이 함께 있었지만 대부분의 손님들
은 졸복을 주문했다. 졸복은 손가락 두 개 크기의 작은 복이다.
어찌나 작은지 국을 받아 든 친구는 복어꼬리국이냐고 말간
얼굴로 내게 물었다. 졸복은 볼품없이 작지만 부드럽고 쫄깃하
다. 복어 살은 부드럽고 쫄깃한 이율배반의 매력을 한 몸에 가

졌다. 하지만 복국의 핵심은 생선 살이 아니라 국물에 있다. 콩나물과 미나리 몇 가닥이 전부인 맑은 국물에 식초를 몇 방울 떨어뜨리면 그 청량하고도 깊은 맛이 순식간에 몸의 말단까지 번진다. 곧이어 국물에 닿은 모든 곳이 맑아지는 기분이 든다.

졸복은 통영 인근 바다 어디서든 낚싯대만 담그면 딸려 올라오는 흔한 생선이지만 복어의 독 때문에 손질이 어렵고 까다로워 가정에서 요리하는 사람은 드물다. 오래전에 난생처음 낚시를 가서 처음으로 잡은 물고기도 복어였다. 손끝에 묵직한 저항을 느끼며 이것이 말로만 듣던 바로 그 손맛인가 흥분했다. 들떠서 낚싯대를 들어올려보니 일부러 낚았다고 보기에는 민망한 크기의 물고기가 달려 있었다. 복어는 배에 공기가 빵빵하게 들어 꼭 탁구공 같았다. 뭔가를 낚아 올렸다는 것이 신기해서 그 우스꽝스러운 모양이 귀엽기까지 했다. 하지만 인근에서 알아주던 낚시꾼 시아버지는 졸복이 연달아 입질하자 오늘 낚시는 망쳤다며 낚싯대를 접었다. 졸복이 자꾸 물면 다른 물고기가 잘 잡히지 않는다는 게 이유였다.

해독에 좋다는 복국은 오랫동안 통영 사람들의 해장국이었다. 이제는 통영이 유명한 관광지가 되면서 장어 뼈로 국물을 낸 시락국과 함께 통영 복국은 전국에 명성을 날리게 되었다. 그래서인지 얼핏 둘러봐도 복집에는 고향 사람보다 객지 사람이 훨씬 많았다. 하긴 복집뿐이 아니었다. 오랜만에 들른 고향은 거리도 바다도 카페도 모두 관광객의 차지였다. 떠나 있는 동안 고향의 중심은 변했고 쇠락했다. 어찌나 낯설어졌는지 그 속에서 길을 잃기도 했다. 고향이 낯설어지는 것은 오랫동안 바라던 바였지만, 실제로 그런 날이 오자 어찌된 일인지 나는 거절당한 사람처럼 당황하고 있었다.

만 삼천 원짜리 복국에 딸려 나온 반찬은 예상보다 훨씬 좋았다. 살짝 말려 졸인 어린 장어, 미나리를 넣어 새콤달콤 무쳐 낸 전어회무침, 바다 냄새가 나는 싱그러운 파래무침, 얼었다 녹았다 하며 단맛이 고인 통영 시금치, 투명한 생굴을 넣은 겉절이. 그것들은 하나같이 입에 짝짝 달라붙었다. 이것이 통영의 맛이지! 오래 먹지 못했지만 모든 맛이 기억났다. 입맛은 뼈에 새긴 기억처럼 끈질기게 남아 있었다. 나는 허겁지겁 반찬을 입에 넣고 꼭꼭 씹었다. 한꺼번에 많은 것들이 떠올랐다. 옆 테이블에는 서울에서 온 손님들이 앉았는데 파래를 가리키며 김무침이라 하고, 말린 장어를 가리키며 코다리라고 했다. 엉터리 정보에도 일행은 감탄사를 연발하며 신중하게 맛을 보고 고개를 끄덕였다. 나는 관광객인 당신들과는 달라. 나는 이 음식의 비밀을 알고 있지. 옆 테이블의 대화를 훔쳐 들으며 나는 새삼 의기양양해졌다.

"니 그거 아나? 여기 우리집이었던 거."

언니가 갑자기 생각난 듯 말했다.

"여기가 우리집이었다고? 우리가 살았어? 여기에? 언제?"

옆에 앉은 친구도 신기해하며 언니의 다음 말을 기다렸다.

"아, 그러니까. 맞다. 니가 이 집에서 태어났다."

"여기서 태어났다고? 나만 몰랐어?"

언니는 내가 기억하지 못하는 나에 대한 기억을 몇 가지 더 말했다. 두 살 즈음 집에서 키우던 병아리에게 티스푼으로 포도주를 떠먹인 다소 엽기적인 이야기부터 달콤한 포도주 찌꺼기를 겁 없이 집어 먹고 취해 비틀거리던 다섯 살 즈음의 나까지.

"친구들이랑 놀다 다저녁때 집에 오니까 니가 저기 저쯤에서 응애응애 울고 있데."

언니는 마치 그 아이가 거기 있는 것처럼 창가 어디쯤을 가리켰다. 내가 태어났을 때 언니는 열두 살이었으니 그 기억은 얼마간 신빙성이 있었다.

내가 태어난 집에 대한 기억은 없다. 온 가족이 따스하게 살았던 제법 그럴듯한 기와집이 집에 대한 내 최초의 기억이다. 그곳은 유일하게 따뜻하고 편안한 유년의 기억이 있는 곳이었다. 그곳에서 아버지는 젊고 강했다. 엄마는 더 젊었다. 나를 제외한 형제들은 모두 학생이었고 집안에는 활기가 넘쳤다. 해질녘 아버지는 나를 업고 동네 마실을 나갔다. 이웃집에서 술이라도 한잔 걸치고 올 때면, 나 죽고 나면 우리 막내 불쌍해서 어쩌누, 하며 마치 자신의 운명을 미리 보기라도 한 듯 울먹였다.

아버지가 병들자 우리는 다른 셋집을 거쳐 다시 서호시장으로 돌아왔다. 그사이 서호시장은 매립지 위에 세워졌던 적산가옥을 부수고 콘크리트 이층 건물을 지었다. 아래층에는 작은 상점들이 모여 있었고, 이층에는 도시락통처럼 방 하나에 부엌이 딸린 집들이 있었다. 이층의 대부분은 아래층 상인들의 살림집이었지만 간혹 영업집도 있었다. 늙은 엄마와 곱추 처녀가 함께 재봉틀을 돌리던 한복집도 있었고, 동백기름 곱게 발라 머리카락 한 올도 흘러내리지 않게 쪽을 지고 아기 소리로 점을 보던 아기동자 점집도 있었고, 체증을 내려주는 체증네도 있었고, 노총각의 만화방과 이발소도 있었다. 이발소 아저씨는 팔걸이에 빨래판을 걸치고 그 위에 아이들을 앉혔다. 여자아이 머리는 모두 몽실이 머리로, 사내아이 머리는 빡빡머리로 만들어 동네 아이들의 머리스타일이 모두 같았다.

시장통에는 여섯 동의 새 건물이 지어졌는데 각 건물마다 아래위로 서른 개의 칸이 있었다. 그중 두 칸을 결혼한 오빠 가족과 우리가 썼다. 새벽 시장은 건물과 건물 사이에서 열렸다. 새벽 네시면 장이 시작되었다. 상인과 거주민과 장을 보러 온 사람들이 함께 사용하던 공중변소는 아침이면 부쩍 붐볐다. 소변은 대강 하수구 어디에서나 해결했다. 아래층에서 물을 길어 양철통을 머리에 이고 이층으로 올렸다. 그 물로 씻고 음식도 만들었다. 욕실은 따로 없었다. 한겨울 밖에서 공기놀이를 하고 들어오면, 손등에 튼 살과 때가 꾸덕꾸덕 함께 얼어 눌어붙었다. 그걸 벗기려면 한동안 누런 양철 세숫대야에 손을 담그고 때를 불려야 했다. 그리해도 겨울이 다 가도록 뽀얀 살을 보기는 힘들었다.

나는 이층 복도에서 마주 보이는 건물의 일층을 자주 바라봤다. 그곳에 엄마가 있었기 때문이다. 뱃사람들을 상대로 술을 팔던 선술집이 대여섯 집 다닥다닥 붙어 있었는데 '청포도'와 '은하옥' 사이에 엄마의 선술집이 있었다. 일주일, 열흘 만에 생선과 함께 뭍으로 올라온 뱃사람들은 생선을 돈으로 바꾸어 손에 쥐고 의기양양 시장통을 활보했다. 젓가락 장단에 노래를 부르다가 술판을 엎고 싸움을 하기도 했다. 싸움이 시작되면 나는 500미터쯤 떨어진 파출소로 뛰어가서 경찰을 불렀다. 경찰은 "또?" 하며 느리게 움직였고 경찰이 오기도 전에 싸움이 끝날 때가 많았다. 가끔 엄마가 손님한테 맞았다. 나는 이층의 어둠 속에 숨어 엄마의 선술집을 향해 소리를 질렀다.

"이 개새끼야. 내가 니 딱 쥐기뻐리끼다!"

내 입에서 나오는 험하고 독한 소리에 스스로 놀라 몸을 떨었지만 취객에게는 아무런 위협이 되지 않았다. 가끔은 젊은 혈기의 오빠가 나서는 바람에 일이 커질 때도 있었다.

딱정집의 여름은 더웠다. 산업화가 급격히 진행되며 살기가 조금 나아지자 집집마다 선풍기를 사용했다. 예상치 못한 전력 소비로 과부하가 걸려 퓨즈가 자주 끊겼다. 퓨즈가 끊기면 동네가 일순 검게 변했다. 오빠는 구리 뭉치와 드라이버를 챙겨 들고 수십 가구가 살고 있는 건물 이층에 딱 하나 있는 전기 박스로 갔다. 나는 쪼르르 오빠를 따라갔다.

"여기 박스를 비차라. 오빠 얼굴 말고 박스를 비차봐라."

오빠는 내게 손전등을 쥐여주었다. 오빠가 뚝딱거리면 금방 온 동네가 밝아졌다. 오빠가 없는 날에는 내가 전기 박스로 갔다. 나사를 조금 풀어 끊긴 구리를 떼어내고 다시 구리로 S자 모양을 만드는 동안 이번에는 언니가 손전등을 들었다.

"내 얼굴 말고, 여기 박스를 비추라고!"

나는 짐짓 오빠 흉내를 냈다. 동네 사람들은 반신반의의 눈길로 어린 두 자매를 구경했다. 나사를 조이고 핸들을 위로 올리는 순간 마법이 풀린 성처럼 건물이 밝아졌다. 멈췄던 선풍기가 웅웅 소리를 내며 돌아갔다. 사람들은 환호했다. 환호는 달콤했다. 두려움을 감수하고도 남을 만큼 달콤했다. 그때 나는 열 살이었으니까.

그 시절 내가 환호를 받는 순간은 또 있었다. 사과 상자를 엎어 만든 달고나 뽑기 상자 앞이었다. 엄마가 준 돈으로는 뽑기를 한 번밖에 할 수 없었다. 그걸 다 먹고도 미련이 남아 자리를 맴돌았다. 설탕을 녹이고 적당한 양의 소다를 딱 맞는 시점에 넣을 줄 알았던 나는 모든 아이들의 뽑기를 간섭했다. 간혹 내 솜씨에 감탄하며 자신의 뽑기를 맡기는 애들도 있었다. 기름칠이 된 양철 위에 노랑과 갈색의 중간쯤, 맞춤한 탄성을 가진 그것을 쏟아부으면 애들의 찬사가 쏟아졌다. 그렇게 잘된 뽑기는 나중에 모양을 오려내기도 수월했다. 나는 수고비로 받은 국자에 남은 뽑기를 남김없이 긁어 먹으며 환호를 즐겼다.

시장통 딱정집은 내 집과 네 집의 경계가 모호했지만 그렇다고 계급이 없던 것은 아니었다. 포목점은 과일집을 우습게 생각했고 과일집은 국밥집을 우습게 생각했고 국밥집은 선술집을 우습게 생각했다. 어른들은 유연하게 계급을 드러내거나 감출 줄 알았고 아이들은 싸움박질을 할 때 폭탄처럼 터뜨렸다. "아버지도 없는 게!" "술집 딸인 주제에!" "우리 엄마가 너랑 놀지 말라고 했어!" 과부가 하는 선술집의 딸은 제일 천한 계급이었지만 부모님이 길거리 리어카에서 튀김과 오뎅을 파는 친구에게는 어떤 우월감을 느꼈다. 그 친구와 싸우다가 "집도 가난한 게!"라고 말한 적이 있었다. 콩알만한 돌을 쌓아놓고 공기놀이를 하다 다툰 날이었다. 친구는 울며 집으로 들어갔고 곧 엄마의 손을 잡고 우리 집에 따지러 왔다. 자초지종을 들은 언니가 오렌지색 플라스틱 바가지가 깨질 때까지 내 머리를 후려쳤다. 말을 뱉는 순간 큰일 났다 싶었던 나는 언니가 휘두르는 바가지에 맞으며 후련했다.

내가 중학교에 들어가던 해에 오빠의 아들은 초등학교에 입학했다. 학교에 간 아이는 첫날부터 옷에 똥을 싸서 집으로 돌아왔다. 다 큰 녀석이 왜 옷에 똥을 쌌냐며 나무라는 올케의 말에 조카는 화장실 갈 돈이 없었다며 소리 내서 울었다. 평생 유료 공중변소만 쓰던 아이는 세상에 공짜 화장실이 존재한다는 걸 몰랐다.

그즈음 나는 시장 밖에 관심을 가지기 시작했다. 세상은 넓고 모르는 것투성이라는 깨달음도 따라왔다. 매일 밤늦게까지 어울려 놀던 초등학교 친구들과 더이상 사과 상자 위에서 노래를 부르지 않았다. 전봇대를 중심으로 잡기놀이도 하지 않았고, '무궁화 꽃이 피었습니다'도 더이상 재미가 없었다. 문 닫은 과일집 천막 아래 자두 상자를 손으로 헤집어 자두를 훔쳐 먹지도 않았다. 나만 숨은 것이 아니었다. 친구들도 모두 어딘가로 은밀하게 흩어졌다. 누군가는 낮에는 일하고 밤에는 공부하는 산업체 중학교에 갔고, 누군가는 중학교 진학을 포기했고, 누군가는 형들과 어울려 깡패 짓을 했고, 유난히 성숙했던 정희는 화류계에 일찍 발을 들였다는 소문이 나돌았다. 나는 그 후로도 몇 년을 더 서호시장에서 살았다. 새로 사귄 친구들에게 내 집이 어딘지 쉽게 말하지 못하는 아이가 되어갔다. 부끄러워서가 아니라 모두 나를 떠나버릴까 두려워서였을 것이다. 내가 고향을 떠난 것은 어쩌면 그때부터였는지도 모르겠다.

"복국은 역시 졸복으로 끓인 게 맛있어, 그지?"

언니가 말했다. 나는 생각에서 깨어나 고개를 크게 끄덕였다. 내가 태어났다는 집에서 어린 나의 울음소리가 살짝 났던 것도 같다. 🐟

유년의 색

외삼촌은 그 시절 어느 집에나 하나씩 있던 불우한 천재였다. 삼촌은 경기고에 진학할 정도로 일대에서 알아주는 영특한 아이였는데 후에 사상 문제에 휘말려 집안의 재산을 말아먹고 평생 낭인으로 살았다. 외아들의 몰락으로 집안은 풍비박산이 났다. 외숙모는 빨갱이의 자식으로 자랄 것을 걱정해 자신이 낳은 아이를 입양 보냈다. 떠돌아다니던 삼촌은 어딘가에서 낳은 아들의 손을 잡고 집으로 돌아왔다. 삼촌은 얼마 견디지 못하고 아이만 던져두고 다시 사라졌다.

외숙모는 땅을 일구고 누에를 키워가며 억척스레 살아냈다. 부지런하고 순종적인 여자였지만 자신의 아이를 남의 손에 보내고 떠돌이 남편이 데려온 남의 아이를 키우는 것은 쉽지 않았을 것이다. 외숙모의 눈에도 아이는 곱게 보이지 않았다. 아이는 말썽이 끊이지 않는 천덕꾸러기였다. 아이는 열 살이 넘자 통제가 불가능해졌고 어느 날 홀연히 집을 떠났다. 그 후로 그 아이가 어디서 어떻게 살았는지는 알려지지 않았다. 다만, 그는 떠돌이 아버지가 밖에서 낳아 온 자식답게 어디에서도 환영받지 못하는 인사가 되었다. 외삼촌마저 떠돌다 객사하자 본가에서는 더이상 그를 가족으로 여기지 않았다. 그는 성인이 되기 전부터 도둑질과 폭행으로 감옥을 들락거렸다. 감옥에서 나오면 적의가 가득찬 눈빛으로 바람처럼 우리 앞에 나타났다. 미닫이문을 열고 고모라고 부르며 우리집에 들어서곤 했다. 그의 등장으로 집안의 공기는 금방 차갑고 팽팽해졌다. 아버지는 돌아가셨고 오빠들은 뿔뿔이 흩어져 집안에 남자가 드물던 시절이다. 얼굴은 유난히 검었지만 빛이 났다. 어쩌면 그의 눈가가 항상 푸르렀기 때문일지도 몰랐다.

"이리 와봐. 이름이 뭐야?"

그가 나를 부르면 나는 무섭고 슬퍼서 울고 싶어졌다. 하지만 나는 거부 못 할 힘에 이끌려 그에게로 다가갔다. 전과자의 다정한 목소리는 언제라도 돌변할 듯 아슬아슬했다. 그가 입을 크게 벌리면 괴물처럼 나를 집어삼킬 것만 같았다. 엄마가 나를 보호해주지 못하리라는 걸 나는 직감으로 알았다. 나도 엄마를 보호할 수 없기는 마찬가지였지만 엄마를 두고 도망갈 수는 없었다. 그가 돌아가면 엄마는 그제야 숨을 길게 내쉬었다.

"불쌍타."

엄마는 겨우 그 말을 내뱉었다. 두려운 존재를 불쌍하게 여기는 것이 가능할까. 어린 내게도 그건 배치될 수 없는 두 개의 사건처럼 의문이었다.

어느 날 그가 일본제 전동 연필깎이를 선물이라며 내놓았다. 다리미 크기의 빨간 기계였다. 코드를 꽂고 연필을 구멍 속에 넣으면 부드러운 소리를 내며 모터가 힘차게 돌아갔다. 연필을 빼내면 균등하고 날카롭게 깎인 심이 반짝였다. 참으로 신기하고도 어여쁜 물건이었다. 나는 그가 두렵고 싫었지만, 그래서 웬만하면 좋은 기색을 드러내고 싶지 않았지만, 그 물건 앞에서만은 흥분을 감출 수 없었다. 친구들 중에 그렇게 그럴듯한 연필깎이를 가진 아이는 없었다. 나의 유년을 통틀어 가장 반짝이는 물건이라 해도 좋았다. 남들이 갖지 못한 것을 가지는 경험은 짜릿했다. 그 연필깎이는 무채색의 유년 속에 홀로 영롱한 빛으로 남아 있다. 어둡고 질척했던 유년의 풍경을 한 뼘쯤은 더 그럴듯하게 만들기도 했다. 나는 작지만 힘이 센 그 상징을 사랑했다.

연필깎이는 어디서 훔쳐 온 물건일지도 몰랐다. 하지만 우리 중 누구도 입 밖으로 그 말을 꺼내지 않았다. 엄마도 언니도 나도 모두 그것을 예감했으나 외면했다. 서로를 실망시키고 싶지 않았고, 스스로 실망하고 싶지 않았기 때문이었으리라. 그렇게 우리는 긴 시간 기막히게 능청을 떨었다.

그 후로도 그는 잊을 만하면 집에 왔다. 눈가는 여전히 푸르렀고, 가끔은 몸을 가눌 수 없을 정도로 술에 취해 있었다. 연필깎이를 받았다고 해서 그가 더 가깝게 느껴지거나 두렵지 않은 것은 아니었다. 그가 오면 긴장하고 힘들어하던 엄마는 그가 한동안 보이지 않으면 틀림없이 감옥에 갇혀 있을 것이라고 걱정했다. 엄마에게 그는 도둑질을 일상으로 하는 질 나쁜 전과자였지만 사랑하는 오빠의 자식이기도 했던 것이다.

그런 시절은 꽤 오래갔다. 그는 여전히 고모, 라고 부르며 미닫이문을 열고 묘한 긴장감과 함께 집에 들어서곤 했다. 그사이 나는 자라 집을 떠났고 빨간 연필깎이와 함께 그를 완전히 잊었다. 꽤 오랜만에 들은 그의 소식은 조금 뜻밖이었다. 중년이 된 그는 밥벌이를 위해 이곳저곳을 떠돌아다니며 막노동을 했는데, 눈 오는 날에 버스를 타고 어느 지역 공사 현장으로 가던 중 교통사고를 당했다고 했다. 그는 죽었고 억대의 보상금이 나왔다. 그 보상금은 생전 소원했던 일가에게 돌아갔다.

"끝까지 불쌍타."

엄마는 그렇게 말을 맺었다. 엄마의 얼굴에는 알 듯 말 듯 한 슬픔이 지나갔다. 나는 뭐가 그리 불쌍한지 구체적으로 묻지 않았다. 그것은 그의 생에 내가 가진 일관적인 무심을 넘어서는 일이었다. 나는 그를 좋아하지도 불쌍해하지도 미워하지도 않는 타인이고 싶었다.

오랜 시간이 지난 지금도 나는 가끔 빨간 연필깎이를 떠올린다. 그걸 받아 들고 그에 대한 적의를 접어둔 채 고개를 깊이 숙여 진심으로 감사 인사를 했던 그날. 날듯이 뛰어서 자개 화장대 위 제일 예쁜 곳에 그것을 얹어두고 만져보고 기뻐했던 기억. 그것이 어떻게 내게 왔든, 그가 그것을 가져다주며 어떤 의도를 가졌든, 그건 무채색의 내 유년에 몇 없는 색깔이었다는 것과 그때 나는 그가 몹시 무서웠다는 것, 도무지 병치될 수 없는 두 개의 기억 중 어떤 것도 양보할 마음은 없다. ✒

아버지와 붕어빵

이민을 온 지 십 년쯤 지나 아버지의 무덤에 간 적이 있다. 첩첩 산중에 있던 아버지의 무덤이 어쩐 일인지 남의 집 뜰 안에 있었다. 아버지가 묻혀 있던 산은 친척들의 소유였다. 개발 붐이 일자 산은 파헤쳐졌다. 산은 조각조각 잘려서 팔렸다. 팔린 땅 위에는 건물이 들어섰다. 그렇게 산은 평평해졌고 사라져갔다. 마지막 땅을 산 사람은 아버지의 무덤을 떠안았다. 지역 유지로 알려진 새 땅 주인은 아버지의 무덤을 그대로 둔 채 그곳에 제법 호화스러운 집을 지었다. 아버지의 무덤은 움직인 적이 없었지만, 주위의 모든 것이 변했으므로 어울리지 않는 곳에 도달했다.

높이 솟은 철제 대문 사이로 아버지의 무덤이 보였다.

"왜 이장을 하지 않았어?"

대문에 얼굴을 처박고 나는 물었다.

"왜 하필 여기다가 집을 지었을까?"

함께 간 언니는 엉뚱한 대답을 했다. 무덤이 남의 집 뜰에 있는 것은 아무래도 어색했다. 형제자매들이 무덤을 옮기거나 없애지 않은 것이 이해되지 않았지만, 오래전 이 땅을 떠난 내가 뭐라 말을 할 처지는 아니었다. 대문 안에서 커다란 개가 우리를 향해 표독스럽게 짖고 있었다. 대문 기둥에는 CCTV가 달려 있었고 유명한 보안회사의 스티커도 붙어 있었다. 나는 철제 대문을 흔들어보았다. 문은 굳건했다. 의미 없고 무기력한 몸짓이었다. 아버지에게 가는 길이 새삼 아득해졌다. 무덤에 더 가까이 가려면 주인집의 허락이 있어야 했고, 하필 그때는 주인 가족의 휴가 기간이었다.

젊은 엄마가 엎드려 울던 무덤, 어린 내가 따라 울던 무덤, 미래의 슬픔까지 생생하게 느껴졌던 무덤, 내 불안의 초석이 되었던 무덤, 가기 싫어 늘 징징거렸던 무덤이 이제 남의 집 마당에서 뜬금없이 천덕꾸러기의 세월을 보내고 있었다. 나는 마치 입양 보낸 자식을 멀리서 바라보는 부모와 같은 심정이 되었다.

아버지의 무덤은 내 인생 최초의 무덤이다. 그 이전에 아버지의 죽음이 있었고, 그 이전에 아버지는 오랫동안 집안의 환자였다. 그 길을 통과하며 불안과 슬픔과 짜증과 원망이 세트처럼 내 유년을 지배했다. 겨우 여덟 해를 함께 살았지만, 이후에도 생의 중요한 순간마다 방향키를 쥐고 좌지우지했던 나의 유령, 아버지. 그는 내 생의 원인이자 결과였다.

아직도 떠오르는 아버지의 장례 장면들. 술에 엉망으로 취한 첫째오빠가 아버지의 주검이 놓인 병풍 뒤에서 짐승처럼 울었다. 군대 간 둘째오빠가 군복 차림으로 집에 돌아왔다. 저고리 없이 광목 치마만 입은 나는 아홉 살 상주였다. 아버지의 관 속에 곱게 접어 넣어주던 노잣돈과 화투장 같은 것들은 지나치게 선명하다. 천지도 모르고 뛰어다니며 깔깔대던 나를 마치 고인이 어디서 데려온 바보 자식 대하듯 혀를 끌끌 차며 측은함과 한심함을 담아 바라보던 이웃들.

아버지가 죽기 두 시간 전, 언니와 나는 붕어빵을 사 들고 병실 문을 열었다. 아버지는 온돌방 바닥에 혼자 납작하게 누워 있었다. 언니와 나를 보고 눈을 떴고 겨우 몸을 일으켜 앉았다. 몸은 야위었고 복수는 차올랐고 얼굴은 검게 변했다. 아버지는 천천히 몸을 돌려 머리맡 보퉁이에서 하얀 설탕을 찾아냈다. 입맛을 잃은 환자에게 하얀 설탕은 필수품이었지만 아버지는 단맛마저 느끼지 못했다. 그러나 단맛을 탐하던 어린 딸들에게 설탕은 축복이었다. 아버지는 그사이 식어서 눅눅해진 붕어빵에 하얀 설탕을 솔솔 뿌려주었다. 나와 언니는 붕어빵을 다 먹고도 손가락에 침을 묻혀 종이에 떨어진 설탕가루를 꾹꾹 눌러 먹다가 종이가 축축해지도록 남김없이 핥았다. 아버지는 다시 눈을 감고 누웠다. 우리는 이내 심심해져 병실 복도로 나가 고무줄놀이를 했다. 둘밖에 없었으므로 문손잡이에 한쪽 고무줄을 묶고 가위바위보에서 진 쪽이 다른 한쪽 끝을 잡았다. 나머지 한 사람은 고무줄을 넘어 콩콩 뛰어다녔다. 둘은 같이 노래를 힘차게 불렀다. 병든 아버지를 돌보러 병원에 와 있다는 사실은 쉬이 잊혔다.

아버지의 비명이 들렸던가. 한참 놀던 언니가 병실 문을 열었다. 언니가 놀라 뛰어 들어갔다. 영문을 모르고 나도 고무줄을 팽개쳤다. 붕어빵을 먹을 때만 해도 아버지가 곧 죽을 것이라는 생각은 조금도 하지 못했다. 아니, 나는 아버지가 오래 누워 있었지만 죽어 영영 우리를 떠나리라는 걸 알지 못했다.

그 후로 잠깐 기억이 잘려나갔다. 내가 아버지의 손을 잡았던가. 언니가 울었던가. 아버지의 마지막 호흡은 또렷하게 기억난다. 생전 처음 보는 장면이었지만 나는 그게 죽어가는 사람의 숨이라는 걸 알아차렸다. 아버지는 뭔가를 삼키려는 듯, 뭔가가 목에 걸린 듯 입을 크게 벌렸다. 입이 더 크게 벌어지지 않아 고통스러운 것도 같았다. 지상의 마지막 공기를 하아 들이마시려는 것인가, 아니 뱉어내는 것인가. 그런 아버지를 보며 어른들에게 알려야 한다는 생각을 했다. 언니는 간호사실로, 나는 그보다 더 먼 집으로 엄마를 데리러 뛰었다. 그러면서도 왜 언니가 더 가까운 곳으로 가는지 못마땅해했다. 어쩌면 어린 두 딸이 휑하니 나가버린 후 아버지는 텅 빈 병실에서 몇 번의 숨을 더 몰아쉬었을 수도 있다. 하지만 우리가 돌아왔을 때 아버지는 더이상 살아 있지 않았다. 영원히 떠나버렸다.

아버지는 어떻게 두어 시간 뒤로 바짝 다가온 죽음 앞에서 영영 애비 없는 삶을 살게 될 아홉 살 딸에게 설탕 따위를 뿌려줄 생각을 했던 것일까. 숨겨둔 보물 지도는 못 줘도 일생일대에 남을 만한 굵직한 교훈은 못 줘도, 자기 전에는 이빨을 닦아야 한다는 잔소리쯤은 좀 해주고 가시지. 짧은 인연이었던 아버지는 내게 달콤하지만 몸에 좋을 것 없는, 하지만 늘 나를 갈망하게 했던 하얀 설탕 같은 존재였다. 아버지는 친구들을 만나고 취한 걸음으로 집에 돌아올 때면 제일 어린 내게 사탕 봉지를 내밀며 사탕을 여섯 형제에게 공평하게 나누는 임무를 주곤 했다. 그때 나는 그 막대한 임무를 내게 맡겨준 아버지의 믿음이 달콤한 사탕보다 더 황홀했다.

훌륭하거나 크게 망한 아버지들이 그러하듯, 내 아버지도 통이 큰 양반이셨다. 붕어빵을 팔다 곧 붕어빵 틀을 팔아 졸지에 떼돈을 벌기도 했고, 투전판에서 하룻밤에 집 한 채를 내다버리고 술에 취한 채 집으로 돌아와 잠든 자식들을 쓰다듬다가 다음날이면 다시 보따리장사부터 시작하던 종잡을 수 없는 엉터리였다. 그래도 막내딸에 대한 사랑만은 진심이었다. 나는 그 것을 알았다. 어렸지만 그런 것은 저절로 알게 되는 것이었다. 그리고 이제 그 사랑을 영원히 잃었다는 것도 알았던 것 같다.

죽음이 뭔지, 사람이 어떻게 되면 죽는지, 죽고 나면 뭐가 남는지는 몰랐다. 상주가 되는 법도 몰랐다. 나는 사람들을 따라 울며 슬픔을 배웠다. 울다가 무릎 꿇은 내 발을 보았고 그날따라 커다란 구멍이 난 양말을 신고 있다는 것을 알았다. 동전 두세 개만한 커다란 구멍 때문에 때에 전 발꿈치가 고스란히 드러났다. 소식을 듣고 여기저기서 달려온 사람들은 통곡을 하는데, 나는 아버지의 죽음 같은 건 대번에 안중에 없고 떨어진 양말과 때에 전 발을 감추려 필사적으로 엉덩이 아래로 발을 쑤셔넣었다. 동그랗게 구멍 난 양말과 때에 전 발뒤꿈치. 그걸 남에게 들킬까봐 전전긍긍하고 있는, 방금 아버지를 잃은 아홉 살 아이. 그 장면은 오랫동안 나머지 생의 어떤 암시가 되었다.

한국에 가면 식당에서 혼자 밥을 사 먹지 못해 하루종일 쫄쫄 굶기 일쑤인 내가 붕어빵은 꺼리지 않고 혼자 사 먹는다. 두 개에 천 원짜리 붕어빵을 하나는 물고 하나는 코트 호주머니에 넣고 손으로 감싸고 걷는다. 파삭한 껍질과 부드러운 속살, 달콤한 앙꼬. 금방 구운 붕어빵은 입에 착착 감긴다. 숙소로 돌아오면 호주머니에 든 붕어빵은 눅눅해져 있다. 아버지가 죽던 그 나이를 훌쩍 지난 나는 눅눅해진 붕어빵을 제사를 지내듯 탁자 위에 올려놓고 아버지 생각을 한다. 죽음을 앞둔 아버지가 딸의 붕어빵에 설탕을 뿌려주며 품었을 법한 마음을 짐작해본다. 줄 수 있는 것이 하얀 설탕뿐이었던 무기력하고 병든 아버지. 병실에 혼자 누워 고무줄놀이하는 자식들의 발소리를 듣고 있었을 아버지. 아무리 불러도 아버지의 목소리가 딸에게 닿을 수 없었던 단절을 암담하게 떠올린다.

나도 아버지처럼 붕어빵에 하얀 설탕을 뿌려볼까 망설인다. 식어 눅눅해진 붕어빵을 달콤하게 바꾼 아버지의 하얀 설탕이 사실은 내 평생 써도 써도 남을 유산이라도 된 듯 많은 날에 달콤한 위로가 되었다는 것을 아버지는 알까. 아버지의 붕어빵은 내 삶의 단계마다 또다른 은유와 상징으로 나와 함께 자랐다. 이제 나는 오래 떠올리던 아이의 마음 대신 아버지의 마음을 더 자주 상상하는 어른이 되었다.

고메생약주

오랜만에 만난 고향 친구가 나를 데리고 간 곳은 산 아랫동네에 있는 작은 술집이었다. 요즘 유행하는 일본식 주점처럼 보였는데 전통 약주를 파는 곳이었다. 조그마한 창이 달린 짙은 갈색의 나무 문을 밀고 안으로 들어갔다. 테이블 서너 개가 띄엄띄엄 놓인 실내에는 식당에 어울리지 않는 나무 계단이 있었는데, 트렌드에 맞춰 깔끔하게 꾸며놓은 인테리어와 묘한 부조화를 이루고 있었다. 오래된 가정집을 가게로 꾸미면서 손때로 반들반들해진 나무 계단은 그대로 둔 듯했다. 정미의 집이 이 근처일 텐데. 나는 중얼거렸다. 어쩌면 바로 이 집일지도 몰랐다. 도로가 이리저리 바뀌어버렸기 때문에 수십 년이 지난 기억은 종종 흔들렸다. 하지만 친구 집의 계단은 선명했다. 고등학교 시절 나는 그 집에 꽤 자주 들락거렸다. 유난히 따스했던 친구 어머니의 고운 모습, 어느 겨울엔가 사주셨던 빨간 엄지장갑이나 소풍 때 내 몫으로 챙겨주신 김밥이 두서없이 떠올랐다.

잠시 후 주인 여자는 샴페인 글라스에 전통주를 담아 내왔다. 술은 화이트 와인처럼 투명했다.

"와, 이것 봐. 잔도 예쁘다 얘."

친구는 박수를 치며 좋아했고 나는 '고메생약주'라는 술을 의심스레 바라보았다. 전통주에 문외한이었지만 아직 이 정체불명의 가게에 마음을 줄 준비가 되어 있지 않았다. 한눈에 보아도 주인장은 이곳 사람이 아니었다. 친구가 마치 내 마음을 들여다본 듯, 이 동네가 문화예술에 관심이 많은 외지인들의 차지가 된 지 꽤 됐다고 소리를 낮춰 말했다.

"이 가게도 그렇고 바로 아래 뜰이 예쁜 커피집도, 꽃가게도, 텐동집도, 출판사도 다 서울에서 온 사람들이 차린 거야. 덕분에 거리는 예뻐졌지. 그런데 말이야. 선민의식 가득한 그 사람들이 이곳 문화를 꽤나 사랑하는 것처럼 보이지만, 사실 객지에서 온 사람들이 여기에 대해 뭘 알겠어? 토박이들만 밀려나 버린 거지."

연방 주인장의 인테리어 감각과 깔끔한 안주를 칭찬하던 친구의 말이 순식간에 경계와 적의로 바뀌었다. 나는 친구의 말에 고개를 끄덕이며 동조했다. 나도 모르는 사이 고향이 외지인들에게 팔려버린 듯해 얼마간 고약한 기분이 들기도 했던 것이다.

출국 전 마지막 고향 방문이었다. 그 근처 작은 아파트에서 말년을 홀로 지내던 어머니는 일 년 전 도시의 초입에 있는 요양병원으로 들어갔다. 시작은 대퇴부 골절이었지만, 걸을 수 없게 되자 어머니의 몸과 마음은 급격히 허물어졌다. 아마도 어머니는 다시 이곳으로 돌아오지 못할 것이었다. 나는 그런 생각들로 마음이 처연해져 창밖을 내다보았다. 거리의 나무들이 막바지 나뭇잎을 떨어뜨리고 있었다. 둥치가 검고 잎이 노란 오래된 나무였다. 오래된 나무를 보자, 그 동네에 묻혀 있던 짧고 찬란한 유년의 기억이 또렷이 떠올랐다. 아버지는 산 아래 나지막한 집들이 오종종 모여 있던 그곳에 기와를 얹은 두 동짜리 번듯한 집을 지었다. 빚까지 얻어 무리해 집을 지은 후 아버지의 사업은 급속히 기울었다. 내가 일곱 살 때의 일이었다. 우리 가족은 그 집에서 이 년을 버티지 못하고 단칸 셋방으로 쫓겨났다. 아버지는 병이 났고, 이듬해 겨울을 넘기지 못하고 돌아가셨다.

아버지가 돌아가시고 마흔에 과부가 된 어머니는 선창가 시장통에 선술집을 열었다. 나는 고만고만하게 힘든 사람들이 모인 시장통에서 선술집 과부의 막내딸로 자랐다. 사람들은 아비 없이 자라는 나를 불쌍하게 여겼고, 나의 품행을 끊임없이 평가하고 의심했다. 제 앞가림도 수월치 않은 사람들이었지만 남의 집 사정에 관심이 많았다. 아이들은 대놓고 거칠었고, 어른들은 교묘하게 난폭했다. 진숙이 아버지가 내 어머니의 술집에서 대취했던 날, 진숙이는 나와 놀았다는 이유로 그녀의 어머니에게 흠씬 두들겨맞았다. 나는 눈치가 빠르고 영악한 아이로 자랐다. 그들의 원 안으로 들어가기 위해 성격을 다듬을 줄 알았고, 그 원 밖에서는 그들과 상관없는 사람처럼 보일 줄도 알았다. 과일집도, 채소집도, 대장간도, 참기름집도, 난전에서 물건을 파는 사람들도 선술집 과부와 과부의 자식들은 막 대해도 좋은 상대라 여겼다. 우리는 같은 공중변소에서 볼일을 보았고 문밖에서 국을 끓이고 생선을 구웠다. 집이라기보다는 방에 가까운 곳에서 노출과 관음이 일상화된 삶을 살았다. 모두가 모두를 안다고 생각하는 동네였다. 나는 그곳에서 벗어나고 싶었다. 토사물과 똥오줌이 나뒹구는 곳이어서가 아니라, 그들의 마음속에서 이미 규정지어진 내 팔자를 참을 수 없었기 때문이다.

나는 도시의 대학으로 진학하며 탈출에 성공했다. 남에게 인정받지 못하면 조바심을 냈고, 이유 없이 불안에 시달렸으며, 타인의 호의를 믿지 못하는 어른이 되었다. 그러는 사이에도 고향의 기억은 질겼고 질긴 채로 뒤틀렸다. 나는 고향의 기억에 포획되지 않을 더 먼 곳으로 도망가고 싶었다. 매일 밤, 인과도 서사도 없는 곳에서 완벽한 익명으로 살아가는 달콤한 상상을 했다. 그런 곳에 닿을 수만 있다면 생은 저절로 리셋이 될 것 같았다. 내 운명조차 나를 알아보지 못하는 곳이 필요했다. 밴쿠버로 떠났다.

이민 간 지 스물두 해 만에 한국에서 열 달을 지내보기로 했다. 캐나다에서 태어나고 자란 딸과 함께였다. 딸은 교환학생으로, 나는 딸의 보호자로 비행기에 올랐지만 우리는 각자 꿍꿍이가 있었다. 딸은 한국을 사랑했고 한국인으로 살아보고 싶어했다. 한국이 자기에게 무엇인지, 자기가 한국에게 무엇인지를 알고 싶다고 했다. 나는 오랜 이국의 삶에 지쳐 있었다. 형벌 같은 그리움도 진저리가 났다. 홀로 고국의 문학을 잡고 사는 막막함에서 벗어나 분풀이하듯 실컷 내 나라 내 말을 누려보고 싶었다.

2020년 2월 6일, 인천공항에 도착했을 때 사람들은 모두 마스크를 착용하고 있었다. 열 시간 전의 밴쿠버와는 분위기가 사뭇 달랐다. 아직 코로나19 확진자가 스무 명 남짓이었지만, 앞날을 예측할 수 없는 불완전한 시기였다. 사람들은 긴장했고 모두가 불안해했다. 비행기를 타고 한국으로 들어오는 낯선 이들을 잠재적인 바이러스로 보는 듯했다. 나는 사람들의 곤두선 신경을 건드리지 않으려 좁은 오피스텔에 엎드려 며칠을 보냈다.

마스크를 사고 싶었다. 사람들은 모두 마스크를 쓰고 있는데 나는 어디에서도 마스크를 살 수 없었다. 약국과 편의점 수십 군데를 돌아다녀도 마스크는 없었다. 난감했다. 저들은 서로 눈짓만 나눠도 아는 것을 나만 모르는 것일까. 모두가 작당해서 내게만 숨기는 것일까. 얼마 후 정부의 통제 아래 약국에서 마스크를 팔았다. 건강보험의 전산망을 기반으로 하는 시스템이었다. 건강보험이 없었던 우리 모녀는 마스크를 살 자격이 되지 않았다. 법적으로 복수국적이 허용되어 한국인 신분으로 입국한 아이도, 재외국민인 나도 마스크 앞에서는 공평하게 이방인이었다. 걱정해주는 친구도 있었고, 마스크를 보내주는 친구도 있었지만 그토록 그리워 달려왔던 곳에서 떠밀리는 기분은 어쩌지 못했다. 나는 한동안 본인인증이 가능한 전화기를 가질 수 없었고 한국 통장과 카드도 만들 수 없었다. 시외버스를 예매할 수 없었고 열차도 마찬가지였다. 그렇게 편하다는 온라인 쇼핑도, 배달 앱도 이용할 수 없었다. 이렇게 잘사는 고국에서 나는 그들이 구축한 안전한 관계망으로 들어갈 방법이 없었다.

하지만 나에게는 오랜 친구들이 있었고, 모국어가 있었고, 보기만 해도 마음이 편안해지는 익숙한 얼굴과 풍경이 있었다. 이곳에서 나는 남들이 웃을 때 같이 웃을 수 있고, 남들이 울 때 따라 울 수 있었다. 딸과 나는 처지가 바뀌었다. 그곳에서 나는 마음을 나눌 친구가 없어 집에만 박혀 있었고, 집밖에서는 늘 긴장했는데 이곳에서 아이도 마찬가지였다. 문제를 해결할 능력이 없었으므로 문제를 만들지 않았고 긴장을 들키지 않기 위해 웃음이 많아졌다. 말을 알아들을 수 없을 때에도, 어떻게 행동해야 할지 몰라 어리둥절할 때에도, 부당한 대우를 받을 때조차도 아이는 그곳에서의 나처럼 쑥스럽게 웃었다. 아이는 한국인의 모습이었지만 그에 어울리지 않는 서투른 말과 행동으로 종종 오해를 사기도 했다. 이 땅에서 아이는 남들의 오해조차 눈치채지 못할 만큼 미숙했다.

한 학기가 끝나자 캐나다의 본교에서는 안전을 이유로 교환학생 프로그램을 중단했다. 아이는 캐나다로 돌아가야 했다. 학교 앞에 예쁜 오피스텔을 얻었지만 대면수업이 없었으므로 강의실에는 가보지도 못했고, 친구는 한 명도 사귀지 못했다. 물론 근사한 연애도 못 했고, 홍대 앞 클럽에서 밤을 새워 놀아보지도 못했다. 미술관도, 박물관도 관람이 여의치 않았으며 버스킹을 구경할 수도 없었다. 대부분의 시간을 좁은 오피스텔 방에 갇혀, 온라인 강의를 듣고 창밖으로 꽃이 피고 지는 것을 보았다. 아이만 힘든 게 아니라 세상 사람 모두 힘든 시간이었다. 아이의 오랜 꿈은 싱겁게 끝나버렸다.

"그래도 엄마, 난 한국이 참 좋아. 이유는 몰라. 그냥 좋아. 사람들은 자신과 닮은 사람이랑 있을 때 편안함을 느낀다더니 그래서인가. 편의점 구운달걀은 정말 최고야. 그러니 아무런 소득이 없었다고 말할 수는 없을 것 같아. 무엇보다도 엄마의 편안하고 당당한 얼굴을 보는 게 좋았어. 한국에서 엄마는 확실히 달라 보였거든."

공항 게이트로 들어가기 전에 아이가 말했다. 아이는 그렇게 돌아갔고 나는 몇 가지 일을 마무리짓기 위해 혼자 남았다.

친구와 나는 술집을 나와 고즈넉한 밤거리를 걸었다. 달빛 아래서도 산은 온통 가을이었다. 그리 늦은 시간이 아니었지만 거리는 텅 비었고, 어두운 골목 입구에 고양이 두 마리가 웅크리고 있었다. 오래전 일대에서 제일 근사했던 나의 옛집은 이제 초라한 흉물이 되어 그 자리에 그대로 있었다. 온갖 꽃들을 피워냈던 꽃밭은 배추와 무와 파가 자라는 텃밭이 되었고, 집은 입구조차 불분명하게 쇠락했다. 도대체 저 집안에 어떻게 방이 열 개가 있었다는 건지. 오빠 대학 졸업 때였던가. 오빠의 친구들 수십 명이 전축을 틀어놓고 대청마루에서 고고춤을 추었는데. 저 집 어디에 대청마루를 품고 있다는 말인가. 터가 나쁜 곳에 집을 지어 그 모든 우환이 시작되었다고 믿었던 어머니는 이 동네를 징글징글하게 여겼다. 그런데 얼마 전까지 어머니가 살았던 낡은 아파트의 입구는 옛집에서 고작 50미터쯤 떨어져 있었다. 왜 어머니는 이 동네로 다시 돌아왔던 것일까. 그냥 쪼그라든 형편에 떠밀려서 오게 된 것일까. 혹시라도 어머니는 이곳이, 그 시절이 그리웠던 건가.

우리는 동네 골목골목에 발자국을 새기듯 천천히 걸었다. 대학 졸업 후 줄곧 고향에서 살고 있는 친구는 오랫동안 자신에게 위안이 되었던 그 마을이 이방인의 거리가 되어가고 있다고 속상해했고, 나는 오래 이방인이 되어 살았던 바다 건너의 삶을 떠올리고 있었다. 이제 내게 너무 익숙해진 이국의 시간과 손님처럼 어색한 고향의 시간이 서걱거리며 부딪혔다. 다행히 고메생약주는 맛있었고 안주도 훌륭했다. '고메'가 무슨 뜻이냐고 친구가 물었을 때, 주인은 영어의 '고메(gourmet, 고급 음식 앞에 붙는 단어 혹은 미식가)'와 고구마의 경상도 사투리 '고메'를 중의적으로 썼다고 했다. 우리가 마신 생약주가 고구마와 찹쌀로 만든 술이라고 주인은 덧붙였다. 친구는 '고메'를 보며 영어를 떠올리지 못했다고 했고, 나는 그 술집의 '힙'함 때문인지 고구마의 사투리라고는 생각지도 못했다.

동네를 두어 바퀴쯤 돌다가 삼거리까지 걸어 내려왔을 때, 나는 팔을 흔들며 택시를 잡았다.

"어디로 가?"

친구가 물었다. 나는 대답 없이 웃었다. 이제 어머니의 집은 그곳에 없었다. 그렇다 해도 형제들과 친구들의 집을 두고 굳이 호텔로 찾아가는 내 마음을 친구에게 설명할 수 없을 것 같았다. 택시에 올라 휴대전화를 보니 캐나다에서 딸이 보낸 사진이 와 있었다. 크리스마스 장식을 시작한 모양이었다. 거실에는 크리스마스트리가 나와 있었고, 트리에는 아이들이 어릴 때부터 만들어온 오너먼트가 주렁주렁 매달려 있었다. 나는 손가락으로 사진을 확대해가며 그것들을 하나하나 기억해냈다.

며칠 후면 돌아갈 내 집이었다. 🖋

여섯의 엄마

"근조화환 봤어?"

텅 빈 장례식장 귀퉁이에 넋을 잃고 앉은 내게 오빠가 다가와 말을 걸었다. 오빠의 말은 몽롱했다. 근조화환이라니. 나는 고개를 저었다. 장례식장은 이층을 통째로 사용하는 특실이었다. 검박한 형제들의 형편에 비해 다소 과한 이 결정은 보나 마나 오빠의 뜻이었을 것이다. 백여 개의 의자가 놓인 조문객실에는 아직 우리 형제뿐이었다. 그런데 근조화환이 이리 빨리 도착할 수 있는 건가.

엄마는 그 두어 시간 전에 숨을 거두었다. 숨을 거두었다기보다는 숨을 더이상 쉬지 못했다. 그 전날 마지막으로 엄마를 보았을 때, 산소마스크를 한 엄마의 가슴이 자동 펌프처럼 오르내렸다. 어찌나 힘차게 아래위로 움직이는지 죽음을 앞둔 사람이라는 게 믿어지지 않았다. 그것은 깡말라 고통 이외의 표정을 읽을 수 없던 엄마의 얼굴과는 딴판이었다. 엄마는 세상만사 귀찮다는 듯 두 손을 깍지 끼고 머리를 단단히 받치고 있었는데, 둘째언니는 자꾸만 엄마의 손을 빼냈다.

"엄마, 이러면 손 저리고 아프잖아."

엄마는 불러도 대답하지 않았다. 정신을 완전히 놓아버렸다. 그럼에도 다시 손을 올려 머리 아래 두었고, 언니는 또 엄마의 손을 빼냈다. 언니의 행동은 임종면회라는 이름이 무색했다. 나는 의사의 시선을 따라가며 '어떤 말'을 재촉했다.

"숨을 저렇게 쉬는 것은,"

젊은 의사는 설명하기 어려운 문제를 받아 든 학생처럼 마스크 속으로 숨을 들이켰다.

"폐가 제 기능을 하지 못하기 때문입니다. 그래서 폐가 하던 일을 온몸을 움직여서 하는 거죠. 더이상 그럴 기운이 남아 있지 않으면 돌아가시는 건데요. 지금이라도 기도 삽관을 하면 숨을 쉬기가 조금 수월해질 겁니다."

엄마는 연명치료를 원하지 않았다. 산 자들의 욕심과 죄의식 때문에 희망 없는 고통을 연장할 수는 없었다. 의사는 끝내 엄마가 죽어가는 건지 회복되어가는 건지 말하지 않았다. 지난밤보다 조금 나아지긴 했지만, 이것이 죽음 직전의 명현현상인지 회복인지는 알 수 없다고 했다. 의사는 조심스레 말을 골랐고 조심스러운 말 속에서 나는 혼란스러웠다. 간호사는 면회시간이 십분인데 벌써 이십분이 지났다고 마무리를 재촉했다. 마음이 조급해졌다. 이제 엄마에게 작별의 인사를 해야 하는 건가. 영화에서 보듯 사랑한다, 미안하다, 고맙다, 잘 가라 해야 하는 건가. 그래도 되는 걸까. 만약에 엄마가 아직 떠날 준비가 안 됐다면. 엄마를 두고 매몰차게 문을 닫고 돌아서는 건 아닐까.

근조화환은 일층 입구에 정렬되어 있었다. 처음 열 개쯤 들어왔을 때는 몸체가 완전히 드러나게 세우고 보낸 이의 이름이 잘 보이게 리본을 앞으로 당겨 늘어뜨렸다. 밤이 되자 그렇게 정렬할 수 없을 만큼 화환이 많아져 사선으로 돌려 세웠다. 첫날 장례식장에는 조문객의 숫자보다 화환의 숫자가 더 많았다. 친구를 배웅하고 그것들을 둘러보는 나를 계단 끝에서 오빠가 보고 있었다. 나는 매몰차게 몸을 돌렸다. 오빠를 흐뭇하게 하고 싶지는 않았다. 어쩌면 나는 화환의 개수나 거기 달린 이름의 명성을 보며 자족하는 속물은 아니라고 온몸으로 선을 긋고 있었는지도 몰랐다.

장례가 시작되자 오빠에게는 슬픔과는 별개로 조금 들뜬 느낌이 있었는데 그게 줄곧 거슬렸다. 아직 세상이 자신을 잊지 않았다는 것을 확인이라도 하려는 걸까? 오빠가 삼십오 년간 재직하던 경찰 공무원을 퇴직한 지 십 년 가까이 되었다. 퇴직 직전에는 직위가 꽤 높았으므로 그즈음의 오빠는 바닥으로 떨어진 자신의 처지를 자주 한탄했다. 오랫동안 집안의 기둥이자 엄마의 가장 큰 자부심이었던 오빠는 엄마의 부고를 듣고도 꿈쩍하지 않는 옛 인연들을 기다리느라 전화기와 출입구에 온 신경을 쏟고 있었다.

"오지 마. 올 수도 없고."

캐나다에 있는 남편에게 전화를 했다. 밴쿠버와 서울의 거리가 이렇게 멀어진 것은 코로나19 때문이었다. 코로나 바이러스로 인해 두 나라 사이의 무비자 협정이 없어졌다. 한국에 오려면 대사관에서 발부하는 특별한 비자를 받아야 했다. 장례가 끝나기 전에 밴쿠버에서 통영의 장례식장까지 올 수 있는 가능성은 없어 보였다.

─다행이다. 자기라도 그곳에 있어서.

남편이 말했다. 다행이었다. 이민을 간 이래로 겨우 몇 년에 한 번 고국으로 나왔다. 그동안 먹고사느라 바빴고 가난했다. 그랬던 내가 하필 그때 한국에 있었다. 10월부터 서울의 한 문학창작촌에 입주 작가로 와 있었던 것이다. 엄마는 마치 미리 받아놓은 날인 것처럼 그날들 중 하루, 하늘이 유난히 파란 가을날에 떠났다. 엄마의 마지막을 함께했던 것에 나는 적잖이 안도했다. 대부분의 이민자들이 그러하듯 엄마가 돌아가셔도 한국으로 오지 못할 거라는 두려움이 머리 한쪽에 붙어 끈덕지게 나를 괴롭혀왔다. 그것은 엄마를 두고 이국으로 떠나버린 삶의 형벌이자 결과처럼 느껴지기도 했다. 그러니 마침, 하필 내가 한국에 있던 그 기간이라니. 나는 그것이 꼭 엄마의 마지막 선물 같았다.

"얼마나 감사한 일이니."

주일예배중에 엄마의 부고가 알려졌고 예배를 마친 목사님과 교인들이 곧장 장례식장으로 올 수 있었으니 과연 주님의 은혜라고 첫째언니가 말했다. 기독교장으로 치르기로 한 것은 첫째언니의 결정이었다. 딱히 종교가 없는 다른 형제들도, 간간이 절에 다니는 둘째언니도 입을 꾹 닫았다. 여섯째이자 막내인 나는, 나로 말하자면 엄마의 말년에 아무런 기여를 한 바가 없었으므로 의견을 가질 입장이 아니었다. 정장 차림의 한 무리의 교인들이 요란한 애도를 표하며 영정 앞으로 모였다. 찬송을 부르고, 기도를 하고, 성경 구절을 읽었다. 첫째언니는 예배 내내 서럽게 울었다. 나는 고개를 들어 영정사진을 보았다.

노란 한복을 입고 붉은 립스틱을 바른 젊은 엄마가 하얀 국 홧더미에 싸여 무표정하게 교인들을 바라보고 있었다. 그 사진은 엄마 방에 오래 걸려 있었다. 엄마는 죽음을 준비한답시고 작정하고 영정사진을 찍었지만 그 후로도 스무 해 가까이 더 살았다. 영정사진을 보며 자신의 장례 풍경을 상상했을 수많은 밤을 그제야 나는 상상했다. 엄마는 사십구 년을 혼자 살았다. 여섯 자식을 남겨두고 아버지가 세상을 떠났을 때 엄마는 겨우 마흔이었다. 양력으로는 새해였고 음력으로는 아직 설날이 오지 않아 내 나이가 여덟 살인지 아홉 살인지 헷갈렸다. 왜 내 겐 제대로 된 상복을 만들어주지 않느냐고 떼를 쓰던 어린 상 주가, 투쟁 끝에 겨우 저고리 없는 치마를 얻어 입고 좋아서 실 실 웃던 계집아이가 긴 세월을 성큼 건너 검은 상복에 검은 마 스크를 하고 다시 상주가 되어 영정 앞에 앉았다.

　오빠는 근조화환을 보낸 이들을 수첩에 꼼꼼히 적었다. 이제 근조화환은 아래층 입구를 가득 채우고도 남아 장례식장 문 앞까지 늘어섰다. 오빠의 자부심도 조금 길어진 듯했다. 그걸 보며 함께 자부심을 느낄 유일한 사람은 엄마였지만 이제 엄마 는 없었다. 나는 계단 끝에 서서 오빠의 굽은 등을 바라보았다. 엄마가 열아홉에 낳은 아들. 오랫동안 아버지 없는 집안의 가 장이었던, 이제 일흔이 넘은 노인. 엄마의 죽음 앞에 뜻밖에 까 발려진 오빠의 시간. 나는 그 자리에 서서 마치 남의 인생을 훔 쳐보듯 오빠와 오빠의 엄마를 생각했다.

　"김밥이라도 좀 사 올까?"

　"이 시간에 김밥을 판다고?"

　둘째언니가 자동차 열쇠를 챙겨 김밥을 사러 나갔다. 시간이 자정을 향해 가고 있었다. 오래 만나지 못했던 조카들이 전국 각지에서 왔고, 육남매가 오롯이 모인 것도 꽤 오랜만이었다. 우 리는 엄마의 영정 앞에 충무김밥을 펴놓고 넓게 앉았다. 역시 충무김밥은 통영에서 먹어야 한다는 둥, 친구 가게라 꼴뚜기와 오징어를 더 담아주더라는 둥, 이 집 시락국은 멸간장으로 간을 해서 맛이 깊다는 말이 오갔다. 엄마가 이 모습을 봤으면 참 좋아했을 텐데. 누군가 그 말을 했을 때는 모두 쓰게 웃었다. 요양원에서 두 해를 보내기 전, 엄마는 아홉 평 낡은 아파트에 혼자 살았다. 자주 찾아가 음식을 해주는 딸도 있었고, 만날 때마다 뾰족한 말로 심장을 긁어대던 자식도 있었다. 몇 년에 한 번 얼굴을 빼쭉 내밀고 얼마간의 용돈을 찔러주며 죄책감을 습관처럼 가지고 돌아가던 나도 있었다. 하지만 모두 함께 모여 따뜻한 눈빛을 주고받으며 그래, 우린 가족이지, 했던 시간은 내 기억에는 없다. 형제들은 제 자식과 손주가 생기자 조금씩 멀어졌다. 어쩌지 못하는 섭리였다. 사는 형편이 달랐고, 생을 추구하는 방식도 달랐다. 사랑도 달랐고 상처도 달랐다. 엄마는 형제들을 묶어놓는 유일한 공감대였다. 엄마가 없는 하늘 아래서 우리는 또 한 뼘쯤 멀어질 것이고 어쩌면 이런 시간이 다시 오지 않을지도 몰랐다.

지병이 있는 형제와 아이들이 딸린 조카들을 집으로 돌려보내고 나머지 식구들은 잠시라도 눈을 붙이기로 했다. 시간은 새벽 세시가 되어갔다. 장례식장 양쪽 끝으로 욕실과 소파가 있는 제법 번듯한 침실이 있었지만 오빠는 극구 방으로 가지 않고 엄마의 영정 앞에 노구를 웅크리고 누웠다. 그곳은 잠을 자기에는 지나치게 무겁고 밝았지만 오빠는 눕자마자 코를 골았다. 언니들과 조카와 한방에서 이리저리 편한 구석을 찾아 누워 오빠의 코 고는 소리를 흉내 내며 쿡쿡 웃었다. 어디 바닷가 펜션에라도 놀러 나온 듯한 터무니없는 기분이 들기도 했다. 나는 뜨거운 바닥이 익숙하지 않아 소파 위로 올라가 누웠다. 엄마처럼 두 손으로 깍지를 끼고 머리를 받쳤다.

사방이 조용해졌다. 눈을 감았다. 적막은 당황스러웠고 이별의 무게는 새삼스러웠다. 엄마의 죽은 얼굴이 눈앞에 어른거렸다. 엄마의 체온이 식어간다는 말을 듣고 급히 요양병원으로 갔지만 장례식장 차량은 우리보다 먼저 당도했다. 엄마는 하얀 천으로 머리부터 발끝까지 야무지게 싸매져 들것에 실려 나오고 있었다. 싸매진 엄마의 얼굴을 더듬으며 셋째언니는 엄마 사랑해, 미안해, 사랑해, 미안해를 끝도 없이 외쳤다.

"귀는 열려 있대. 죽어도 귀는 열려 있대."

요양보호사 공부를 하고 있던 언니는 엄마를 싣고 떠난 장의차의 꽁무니를 보며 교실에서 배웠다는 그 말을 다시 했다.

"귀는 마지막까지 열려 있대."

왈칵 눈물이 쏟아졌다. 눈물은 얼굴의 골짜기들을 타고 손바닥까지 닿았다. 콧물을 훌쩍였다. 소리가 너무 컸다. 나는 조용히 몸을 일으켰다. 상복 위에 외투를 걸치고 잠든 형제들 사이로 살금살금 빠져나왔다. 새벽 공기가 얼굴에 차갑게 닿았다.

나는 비로소 엄마 잃은 아이답게 엉엉 소리 내어 울었다. 길을 잃은 아이처럼 울면서 오래전 떠난 고향의 밤을 걸었다. 뱃고동 소리가 웅 하고 울렸다. 기시감이 느껴졌다. 그 몇 달 전에 세상에 나온 나의 소설에는 미리 쓴 일기처럼 이 장면이 고스란히 담겨 있었다. 공교롭게도 소설의 배경이 된 곳이 바로 이 장례식장이었고 주인공 현택은 장례식장 슬리퍼를 신고 고향의 밤거리를 배회했다. 걷다보니 나도 장례식장 슬리퍼를 신고 있었다.

"이걸 요양병원에 돌려주세요. 요양병원 환자복입니다."

사망진단서를 받기 위해 요양병원으로 가기 전, 장례식장 직원이 검정 쓰레기봉지를 건네주었다. 병원으로 향하며 셋째언니는 임종면회 때 엄마의 모습이 어땠는지 물었다. 엄마와 가장 가까웠고 엄마를 제일 많이 돌봤으나 애쓴 것보다 더 큰 죄책감을 가진 셋째언니는 엄마의 마지막을 보지 못했다. 그날 여섯 형제가 다 모였지만 임종면회는 셋만 허락되었다. 엄마가 요양병원으로 들어가고 석 달 후부터 코로나가 퍼지기 시작했다. 오랫동안 대면면회가 되지 않았고, 형제들은 유리창 너머 얼굴의 대부분을 마스크로 가린 엄마를 본 게 전부였다. 멀리서 온 순서대로, 엄마를 본 지 오래된 순서대로 셋이 엄마를 만났다. 나머지 셋은 로비에서 엄마의 마지막을 상상했다. 여섯 명이 모두 코로나 검사를 했고 음성이 나왔지만 방역 지침이라는 말

앞에서 핏줄의 도리는 무참했다.

화장 절차를 위해 사망진단서를 끊는 동안, 셋째언니는 봉투에 얼마간 돈을 넣어 엄마를 돌봐준 간병인에게 전했다. 한 무리의 노인이 줄을 지어 로비를 통과해 어디론가 가고 있었다. 모두 검정 봉지에 든 바로 그 환자복 차림이었다. 그제야 장례식장에서 받아 온 병원복이 다시 환자들에게 입혀진다는 사실이 현실적으로 다가왔다. 육만 원. 이 옷을 돌려주지 않으면 육만 원을 더 지불해야 한다고 했다. 복잡한 생각에 꽉 쥐고 있던 검정 봉지를 언니가 낚아채 수납 테이블 위에 올렸다. 부당하다는 느낌이 들었지만 부당함에 머무를 만큼 나는 정의롭지 못했다. 나는 재빨리 요양병원을 빠져나왔다.

이튿날이 되자 둘째언니가 결국 스님을 불렀다. 엄마를 이렇게 보낼 수는 없다는 게 이유였다. 엄마는 교회도 절도 싫어하지 않았지만 교회도 절도 다니지 않았다. 아침 열시에는 교인들이 추도예배를 봤고, 오후 두시에는 스님이 목탁을 두드리며 극락왕생을 빌었다. 사십구재도 올릴 거야. 둘째언니가 말했고 큰언니는 아무 말도 하지 않았다.

"하이브리드가 대세인가."

나는 아무도 웃지 않는 농담을 했다. 어쨌든 둘째언니도 언니의 방식으로 애도할 자격이 있었다. 여섯의 형제는 각자의 방식으로 여섯의 엄마를 보내고 있었으니까. 그들이 기억하는 엄마가 다 달랐고 그들이 살아낸 세월이 다 달랐으니 보내는 방식도 다를 수밖에.

수의를 입고 관 속에 누운 엄마는 화장이 너무 짙어 더 죽은 사람 같았다. 뒷걸음이 처질 만큼 낯설고 무서웠다. 그 무서움이 미안해서 얼른 두 손으로 엄마의 얼굴을 감쌌다. 엄마의 얼굴은 얼음보다 차가웠다. 통곡 속에서도 생생했던 그 감각 때문에 슬픔마저 가짜로 느껴질 지경이었는데. 타고 남은 엄마의 유골은 뜻밖에 꽃잎을 닮았다. 나는 가볍고 희고 깨끗한, 타고 남은 뼈를 앞에 두고 봄날의 복사꽃을 떠올렸다. 흩날리는 재 속에서 그을린 쇳조각도 보았다. 엄마의 무릎에 오래 박혀 있던 이물. 한 번도 엄마의 몸과 멀어진 적이 없었던, 몸의 일부가 된 쇳조각. 엄마의 몸에서 나온 우리가 생과 사로 영원히 멀어지는 동안 쇳조각은 뼈와 함께 뜨거워졌다.

보자기에 싸인 뼛가루를 건네받았다. 두 손으로 보자기를 감쌌다. 따뜻한 감촉이 온몸으로 전해졌다. 엄마는 비로소 자유로워졌구나. 그곳이 어디든 엄마는 이제 고통과 통증에서 풀려나 훨훨 날 수 있겠다. 육신은 물론 영혼까지 완전히 소진하고 작아진 몸으로 작아진 마음으로 엄마는 돌아갔구나. 동그라미처럼 시작점에서 마침표를 찍고 그렇게 하나의 생을 온전히 살아냈구나. 장하고 복되다. 그렇다고 너무 먼 곳에 살아 미안했던 마음이 없어지진 않겠고, 사십구 년을 과부로 살아낸 한 여인의 생이 결코 가벼워지지는 않겠지만. 엄마 잘 가요. 나는 나지막이 속삭였다. 지나치게 다정한 내 목소리에 나마저 놀라면서.

엄마, 잘 가요. 🐟

나는 뭘 못하는 게
그리 힘들지 않아

스물세 살 딸아이는 요즘 볼더링(줄 없는 록클라이밍)을 가끔 한
다. 아슬아슬하게 벽을 타고 오르는 아이의 녹화 영상을 보고
있으면 내 손가락 발가락에도 힘이 들어간다. 아이는 벽에 붙
어 디딜 곳을 찾지 못하고 팔과 다리를 허공에 내저으며 이리
저리 시도하다가 중심을 잃고 바닥으로 툭 떨어져버린다. 나는
눈을 질끈 감는다. 다행히 바닥에는 매트리스가 깔려 있다. 잠
시 후 아이는 일어나 엉덩이를 손으로 툭툭 털어내며 웃는다.

아이는 가끔 폴댄스도 춘다. 우아한 동작으로 폴을 타고 오
르다가 몸을 한껏 뒤로 젖혀 공중에서 빙글빙글 돌기도 하고
거꾸로 떨어져 내리기도 한다. 목 아래부터 허리까지 금속 봉이
박힌 아이의 등은 굽혀지지 않지만 그 무엇보다 아름답다. 울
컥 목이 멘다. 대부분의 사람들에게는 지극히 평범할 장면들이

내게는 커다란 기적 같기만 하다.

초등학교 때까지는 몽키바를 좋아하던 아이였다. 철봉에 타고 오르고 매달리느라 아이의 여린 손에는 늘 못이 박여 있었다. 더 어릴 때는 어디든 기어오르는 걸 좋아해서 양팔로 문틀을 짚고 올라가 천장 가까이 붙어 있기도 했다. 어떨 땐 서랍장 위에 올라가 앉아 있어 나를 기겁하게 만들기도 했다.

초등학교 고학년이 되자 아이의 키가 더이상 자라지 않았다. 반에서 중간쯤이던 아이가 어느 순간 제일 작은 아이가 되었다. 병원에 데리고 갔다. 몇 군데 검사를 하고 척추측만증 진단을 받았다. 척추가 휘어지면서 몸이 위로 자라지 않고 옆으로 틀어졌다. 성장할수록 커브는 더 급격했다. 설상가상으로 수술을 기다리는 사이에 교통사고가 났다. 틀어진 허리는 이제 옷으로도 자세로도 감출 수 없게 되었다. 그러고도 수술은 더 응급한 병원의 사정으로 한없이 밀렸다. 이 년을 기다렸다 잡은 수술이 바로 전날 더 시급한 수술 때문에 취소되었을 때, 아이와 부둥켜안고 한없이 울었다. 수술 날짜에 맞춰 모든 상태를 최상으로 만들려고 조심조심 시간을 디뎌온 것이 다 허사가 되었다.

삼 개월을 더 기다려 수술을 받았다. 첫번째 수술 후 이식한 뼈가 제대로 굳지 않아 일 년 사 개월 후에 또 한 번의 수술을 받았다. 아이의 몸에 두 개의 쇠 봉과 스물세 개의 나사가 박혔다. 몸이 유리로 만든 것처럼 부서질 것 같다고 아이는 종종 말했다. 2킬로그램 이상 무거운 것을 들지 마라. 뛰지도 마라. 사람과도 물건과도 부딪히지 마라. 의사는 경고했고 아이는 움직이지 않는 것으로 미리 위험을 차단했다. 의사가 말한 회복의 시간 이 년이 지났고 이물과 뼈가 하나가 되어 붙었다. 그래도 아이의 불안은 사라지지 않았다. 몸은 여전히 부서지기 쉬운 것으로 인식되었고, 움직이던 기억들을 잃어갔다.

아이는 어릴 때부터 아주 순했다. 순한 아이는 학교에 들어가자 극단적으로 부끄러움이 많아졌다. 그 부끄러움 때문에 반응이 느리고 말이 없었다. 누군가를 바라보는 것도 누가 자신을 쳐다보는 것도 아이는 부끄러워했다. 누군가 부끄러움은 통증이라고 했던가. 아이의 눈에는 초점이 없었고 늘 무표정했다. 나는 아이의 손을 잡고 교실에 데려다주며 또록또록하게 말하고 눈에 힘을 주면 훨씬 더 예쁠 거라고 조심스레 말했다.

"그렇게, 엄마."

아이는 밝게 대답했지만 그러지 못했다. 유치원 때는 학부모들 사이에서 좀 모자라거나 벙어리일지도 모른다는 소문이 돌았다. 초등학교 2학년 때 선생님은 아이가 잘 듣지를 못하는 것 같으니 청력검사를 해보라고 했다. 청력검사 결과 이상이 없었다. 편안한 집으로 돌아오면 아이는 돌변했다. 많이 웃고 끝도 없이 말하고 온 집안을 뛰어다니고 뭐든 참견했다. 소파에서도 가만히 앉아 있지 않았다. 다리를 벽에 붙이고 물구나무를 서고 체조를 했다. 척추측만증 진단을 받기 전까지 아이는 그랬다.

열 시간이 넘게 걸리는 수술을 두 번씩이나 받고 난 후, 아이는 더이상 순하기만 하지 않았다. 적당한 대학에서 일자리 얻기 좋은 공부를 하겠다던 꿈을 대폭 수정해서 가고 싶은 대학교에 가서 하고 싶은 공부를 하겠다고 했다. 수술받고 회복하는 동안에도 시간은 부지런히 흘렀다. 대학 진학을 위해 공부할 수 있는 시간이 얼마 남지 않았다. 반대할 생각은 없었지만 걱정이 되었다. 꿈을 갖는 것은 실패를 품는 일이니까. 그때부터 아이는 열심히 공부했다. 뒤늦게 시작한 공부는 마음을 먹는다고 갑자기 좋아질 형편이 아니었다. 성적은 금방 오르지 않았다. 나는 아이가 좋은 대학에 가지 못하는 것보다 원하는 것을 얻지 못해 실망하고 좌절하는 것을 보는 게 두려웠다. 이미 너무 많은 고난을 겪은 아이였다. 아이는 때로 실패하고 때로 성취했지만 예상처럼 쉽게 절망하지는 않았다.

아이는 원하는 학교에 입학했다. 대학을 다니면서 자신이 잘할 수 있고 잘하고 싶은 것을 알아갔다. 자주 시도하고 자주 실패했다. 그렇게 아이는 공부하고 일하고 또 공부했다. 남보다 뛰어난 두뇌를 가진 것도 아니고, 기초가 탄탄하지도 않고, 몸조차 허약해진 아이가 느리지만 꾸준히 성장했다. 나는 그걸 신기하게 지켜보았다.

얼마 전에 볼더링을 다녀온 아이에게 재밌더냐고 물었더니 아이는 내게 이런 말을 했다.

"엄마, 나는 내가 뭘 못하는 게 그리 힘들지 않아. 그래서 못해도 재밌어. 그런데 못하는 걸 잘 못 견디는 친구들은 나보다 훨씬 잘해도 시도하고 싶어하지 않더라."

아, 그제야 어떤 의문이 풀리는 기분이었다. 이 아이가 이런 재능을 가졌구나. 내게는 없는 재능이었다. 나로 말하자면 못하는 걸 너무 싫어해서 못할 만한 건 아예 근처에도 안 갔다. 하지 않음으로써 못하는 걸 끝까지 감췄다. 그래서 실패가 적었지만 사실은 시도가 적었던 것이다. 때론 실패의 기미가 보이면 재빨리 발을 빼서 실패에 닿지 않게 했다. 거절당하는 걸 싫어해서 좀처럼 먼저 연락하거나 부탁하는 법이 없었다. 당연히 인간관계도 협소했다. 이런 내가 낳고 키운 이 아이는 어떻게 이런 재능을 갖게 된 걸까?

아이가 어릴 때의 일이 떠올랐다. 어느 다큐에서 미국에 살고 있는 나이든 여자 태권도 관장이 "He can do! She can do! Why not me!(그도 할 수 있고, 그녀도 할 수 있는데, 나라고 못 할까!)"라고 구호를 외치며 널빤지를 부줬다. 그걸 들으면서 레고를 가지고 놀던 아들 녀석은 힘차게 구호를 따라 하는 반면, 딸은 "He can do! She can do! I don't care!(그도 할 수 있고, 그녀도 할 수 있지만, 나는 신경 안 써!)"라고 하는 게 아닌가. 그땐 그게 귀여워서 온 가족이 배를 잡고 웃었지 아마.

그러니 뭘 못해도 힘들지 않은 것은 아이의 천성 탓이 크겠다. 하지만 가끔은 그런 생각을 한다. 어쩌면 뭘 못하거나, 거절 당해도 그리 힘들지 않게 된 것은 그 아이가 겪어온 아픈 시간 때문일지도 모른다고.

"아무리 벗어나려 해도 수술을 받다가 죽을지도 모른다는 생각, 어쩌면 평생 불구가 될지도 모른다는 생각을 하지 않을 수가 없었어. 밤마다 그 생각을 하다가 아침이 되기도 했어."

언젠가 아이가 고백했다. 나도 그런 밤을 무수히 보냈다. 하지만 그게 아이의 것과 같을까. 도대체 아이에게는 무슨 일이 있었던 걸까. 아이의 가장 가까운 곳에서 그 모든 과정을 보고 듣고 함께 겪었다고 생각하지만 내 등에는 쇠 봉도 나사도 없다. 수술은 혼자 오롯이 견뎌야 하는 시간이었다. 그 시간 동안 아이는 무엇을 통과해야 했을까. 나는 영원히 알지 못할 것이다. 그래서 지금 아이가 다다른 그 마음이 어떤 것을 딛고 섰는지도 나는 모를 것이다.

수술 후, 아이는 한동안 스스로 몸을 뒤집지 못했다. 아이는 자신이 햇살 속에 등이 뒤집힌 채 말라가는 거북이 같다고 말한 적이 있다. 그런 몸을 이해하고 용서하고 받아들이다보면 사소한 것이 더이상 자신을 괴롭히지 않게 되는 것일까. 나는 아프게 추측해보지만 여전히 내가 알 수 있는 것은 별로 없다.

3부

우리가 했던 말이
우리의 위안이 된다

소소하지만 다정한

"오렌지… 제이슨… 루돌프……"

수술실에서 나온 아이는 알아들을 수 없는 말을 했다. 마취에서 완전히 깨지 않아 아이의 발음은 부정확했다. 오렌지? 천장에 그려진 나비와 꽃의 빛깔 때문인가. 제이슨? 오빠는 왜? 루돌프라니! 크리스마스가 지난 지 한 달이 넘었는데. 열두 시간 동안 아이의 몸 대부분은 죽음만큼 깊은 잠에 빠져 있었다. 억지로 재운 몸의 기관들은 아직 완전히 깨어나지 않았다. 아이가 간호사의 말에 작게나마 반응하자, 간호사는 빨간 아이스크림을 건네주었다. 나는 아이의 입속으로 차가운 아이스크림을 녹여 넣었다. 주스와 설탕만을 얼린 차갑고 단 액체가 입가에서 주르륵 흘러내렸다.

열두 시간 동안 사투를 벌이고 돌아온 아이의 얼굴은 처참

했다. 권투 시합에서 흠씬 두들겨맞은 선수같이 부어 있는데다 양쪽 눈 아래에는 3센티쯤 살갗이 벗겨져 피가 베어 나오고 있었다. 나는 회복실 담당 간호사를 찾았다.

"폴리스포린(상처에 바르는 연고) 있어요? 아이 얼굴에 상처가 났어요. 지금 약을 바르지 않으면 흉터가 생길 거라고요. 얼굴인데 흉터가 생기면 어떡하죠?"

간호사는 약을 찾지 못했고 나는 여기저기 물어가며 약을 구했다. 아이의 등은 사십 센티가 넘게 갈라졌고 갈라진 상처에는 두꺼운 스테이플이 기차 철로처럼 박혀 있었다. 이제 아이의 몸속에는 쇠막대기와 나사못이 수십 개 박혀 있을 것이었다. 그럼에도 나는 얼굴의 상처에 더 집중했다. 아이의 몸속은 내 상상력 밖이었다. 수술 전 의사가 내게 보여준 모형도에서는 척추 양쪽에 쇠막대를 대고 나사못을 뼈에 단단히 고정시켰는데, 어떻게 저 작은 몸을 헤집어 그런 이물들을 집어넣을 수 있을까 상상하다가 잠 못 든 날이 수도 없었다.

척추 수술을 하는 동안 아이의 몸은 내내 뒤집어져 있었다. 몸의 양 끝은 무거운 추를 달아 힘껏 늘어뜨렸다. S자로 82도까지 굽은 아이의 몸을 일자로 펴는 동안 얼굴은 동그란 베개에 묻혀 있었고, 저절로 떠지는 눈동자를 보호하기 위해 두꺼운 테이프로 눈을 가렸을 것이다. 그리고 오래 눌린 얼굴에서 테이프를 떼어낼 때 아이의 여린 피부가 같이 떨어져나갔을 것이다. 나는 회복실에서 아이의 얼굴을 만지며 부주의하게 테이프를 떼어낸 간호사에게 이 수술의 모든 책임이 있는 양 화를 내고 있었다.

수술에서 깨어난 아이는 앉고 서고 걷는 법을 다시 배워야 했다. 뼈의 모양이 달라진 몸은 우주여행에서 막 도착한 우주인처럼 감각이 온전하지 못했다. 몇 주 동안 혼자서 일어나지 못했고, 몸을 뒤집지도 못했다. 얼마간 회복된 아이가 내게 물었다.

"엄마, 그때 나는 참 이해되지 않았어. 나는 죽음에서 깨어났다고 할 만큼 어마어마한 일을 겪었는데 엄마는 자꾸 별거 아닌 이 상처에 바를 약을 찾고 있었어. 엄마는 그때 왜 그랬어?"

그 몇 해 전, 남편은 테이블 톱 사고로 손가락을 잃었다. 손가락을 절단해야 한다는 진단이 나오고도 병원에서는 진통제만 처방할 뿐 별다른 조치가 없었다. 빨리 수술하면 손가락을 살릴 수도 있다는 희망을 가지고 앰뷸런스를 타고 급히 병원에 도착했는데, 정작 그곳에서는 속수무책으로 시간만 보내고 있는 꼴이었다. 그렇게 진통제와 항생제로 버티며 이틀이 지났을 때, 나는 더이상 견디지 못하고 병원 복도를 뒹굴며 울었다. 내가 모자라서, 우리가 이민자라서, 힘이 없어서 수술이 늦춰지는 건 아닐까 의심했다. 손가락이 잘렸는데 이틀을 마냥 기다리는 것이 말이 되냐고 울며 의사에게 애원도 하고 협박도 했다.

그런 나에 비해 남편은 묵묵히 그 상황을 받아들이는 듯했다.

"물어봤어?"

남편은 자꾸만 자신의 잃어버린 반지를 찾고 있었다. 큰 병원으로 실려 오기 전에 갔던 작은 병원에 연락이라도 해보라고 자꾸만 나를 채근했다.

"병원에서 의사들이 옷을 잘라내고 손을 소독하며 반지를 빼냈어. 그걸 어디 호주머니에 넣어둔다고 했는데. 찾아봐, 그거 결혼반지잖아. 그거 없어졌으면 어떡해."

휴대폰과 지갑 외에는 소지품이 없었다. 피 묻은 옷은 병원 어디에 이미 버려졌을 것이었다. 손가락이 잘렸다는데 그 손가락에 끼워져 있던 반지가 다 무슨 소용이람. 나는 남편을 쏘아보며 잊어버려, 제발, 하며 신경질적으로 말했다.

사고가 나고 세월이 흘렀다. 뭉텅 잘려버린 손가락을 슬픔 없이도 바라볼 수 있게 되었을 때, 나는 비로소 그 반지를 다시 떠올렸다. 그때 전화를 해봤어야 했을까. 그랬다면 찾을 수 있었을까. 그렇게 버려질 반지가 아니었는데 내가 너무 무심했다.

흉터가 남지 않고 아이의 얼굴이 말끔해지기까지 이 년의 시간이 필요했다. 등은 그보다 더 더디게 아물었다. 그동안 아이는 뛰어서는 안 되고, 무거운 것을 들어서도 안 되고, 어딘가에 부딪혀서도 안 되었다. 승마나 스키를 즐길 수 있기까지 오랜 시간이 필요했다. 이물이 제 몸이 되는 동안에도 시간은 흘러 아이는 자랐고 어느새 성인이 되었다.

나는 왜 그랬을까. 남편은 왜 그랬을까. 우리는 왜 거대한 불행 앞에서 사소한 것에 연연했을까. 남편은 어쩌자고 잃어버린 손가락보다 잃어버린 반지에 더 신경을 썼던 걸까. 이제야 나는 생각해본다. 어쩌면 불가항력의 시간 속에서 우리는 뭐라도 우리 힘으로 해볼 수 있는 것을 찾은 것이 아닐까. 잘린 손가락은 어쩔 수 없는 것이지만 잃어버린 반지는 찾을 수도 있으니까. 아이의 몸속에서 일어나는 일은 기도밖에 할 것이 없었지만 얼굴의 상처는 내가 잘 치료하면 말끔해질 수도 있는 것이니까.

수술을 모두 마치고 겨우 부축을 받아 걷게 되었을 때 아이는 퇴원했다. 의사의 마지막 회진을 기다리는 사이, 아이는 병실에 있는 화이트보드에 이렇게 적었다.

산다는 것은 폭풍이 지나가기를 기다리는 것이 아니라 내리는 빗속에서도 춤추는 일이다.

아이는 그 말뜻을 알았을까. 두려움에 짓눌리지 않고 우리가 할 수 있는 일을 해내는 것이 인생이라는 걸 아이는 어떻게 알았을까. 소소하고 다정한 것들이 모여 바위를 들 수 있는 힘이 된다는 걸 나는 이제야 조금 알 것 같은데. 🐟

당신의 강화반닫이

어느 날 한 무리의 사람들이 풀장 속에서 춤을 추는 것을 보았다. 온탕과 사우나가 있다는 이유로 한국의 목욕탕이 그리울 때마다 종종 가던 수영장에서였다. 풀 밖에서는 강사가 과장된 동작으로 춤동작을 선보였고 물속의 사람들은 그보다 훨씬 느리게 움직였다. 아이들이 모두 학교에 간 오전 시간 수영장은 온통 어른들의 차지였다. 귀에 익은 댄스음악은 수영장의 공기를 경쾌하게 데웠고 물속에서 춤을 추는 사람들은 행복해 보였다. 나는 뜨거운 탕에 앉아 춤추는 사람들을 부럽게 바라보며 혼자 소심하게 몸을 이리저리 흔들어보았다. 그게 아쿠아 에어로빅이라는 걸 곧 알게 되었다. 며칠 후, 나도 용기를 내서 수업에 합류했다.

막상 물속에 들어가보니 유난히 여자 노인이 많았다. 걷는 것조차 흔들흔들 불안해 보이는 할머니들도 더러 있었다. 보행기를 풀장 밖에 세워두고 겨우 몸을 움직여 물속으로 들어오는 이도 있었다. 그러나 물 밖의 사정이야 어쨌든 간에 물속에서 그들은 비교적 공평하게 몸을 움직였다.

맘마미아나 YMCA같이 오래되고 익숙한 댄스음악이라도 나오면 강사의 동작은 무시하고 맘대로 멋대로 노래를 따라 부르고 춤을 추었다. 공중으로 뛰어오르며 점프도 했다. 점프라니! 물 밖에서는 오래전에 잃어버린 동작이었을 것이다. 그들은 춤을 추고 노래를 목청껏 부르며 젊고 찬란했던 시절을 떠올리고 있었을까. 장난꾸러기 아이들처럼 물장구를 치면서 까르르까르르 웃어젖히는 할머니들의 환희 소리가 수영장에 가득차곤 했다. 한 시간을 물속에서 운동하고 나면 비 맞은 생쥐 꼴이 되는 나와는 달리, 머리카락도 젖지 않고 고운 화장에 여전히 화사한 모습을 유지하는 할머니들은 신비롭기까지 했다. 나는 그들을 보며 종종 입가에 미소를 머금었다. 늙는다는 무상함을 무색게 하는 그녀들의 발랄한 모습이 왠지 사무치고 뭉클했다.

그들 중에는 한국인도 있었다. 어느 날 아쿠아 에어로빅을 마치고 스팀 사우나에서 몸을 녹이고 있을 때였다. 웅성거리는 영어를 뚫고 귀에 익은 한국말이 들려왔다.

"어깨에 염증이 생겨 잠을 잘 수 없을 만큼 아픈데 백약이 무효하고 찜질도 소용이 없어. 혹시 물속에서라도 움직이면 좀

나을까 해서 나왔어."

한 할머니가 통증을 호소했다. 다른 할머니도 요즘 들어 팔과 어깨가 너무 아프다며 말을 얹었다.

"팔부터 어깨까지 쓸벅쓸벅 아려서 깊은 잠도 못 자고, 팔을 옆으로도 위로도 들어올리지를 못하겠어. 쿡쿡 쑤시고 뻐근하기도 한 것이 어찌나 아픈지 딱 도려내고 싶다니까."

칠순이 훨씬 넘어 보이는 할머니들이 어떻게 이런 증상을 영어로 의사에게 설명할까. 쓸벅쓸벅, 쿡쿡, 뻐근 등을 영어로 생각해보다 암담한 심정이 되었다.

"고국에 돌아가 속시원히 의사에게 하소연이라도 한번 해보고 싶어."

할머니의 목소리에는 설움이 가득했다.

"맞아, 가고 싶지. 그래도 의료보험도 여기에 있고 연금도 그렇고. 조금이라도 자식들 가까이 있고 싶고. 그러니 가는 게 쉽나 어디."

영어는 귀를 기울여도 알아듣기 힘들었지만, 한국어는 뿌연 습기로 가득찬 뜨거운 사우나에서도 너무 잘 들렸다. 한국보다 이곳에서 더 오래 살았지만 병원에 갈 때마다 뭐라고 말해야 할지 걱정이 앞선다는 할머니, 아무리 오래 살아도 여전히 타국이라는 할머니의 말이 아프게 다가왔다. 나 또한 여기서 늙고 병들면 그 마음이 다르지 않을 것 같았으니까.

그 후 어깨와 팔이 아프다는 할머니가 내내 마음에 남아 있었지만 한동안 만날 수 없었다. 그러다 몇 달이 지나서 수영장 샤워실에서 할머니를 다시 만났다. 나는 할머니를 보자마자 어깨 통증에 대해 물었다.

"아, 그거 아직도 그래요. 일을 너무 많이 해서 생긴 병이야. 삼십 년 넘게 식당일 하느라 혹사당한 어깨가 쉽게 낫나 어디. 아무래도 한국엘 나가보든지 해야 할 것 같아."

그날 나는 마침 우리집에서 멀지 않은 곳에 살고 계신다는 할머니를 내 차로 모셔다드리기로 했다. 함께 차를 타고 할머니 댁으로 향하며 할머니는 몇 번이고 고맙다고 말했다.

"그러지 말고 들어와요. 집에 아무도 없어. 영감도 한국 나가고."

할머니 댁에 도착하니 할머니가 차라도 한잔하라며 붙잡았다. 아담하고 소박한 이층 연립주택이었다. 집안에 들어서자마자 할머니는 거실 한 귀퉁이에 놓인 오래된 오디오에 전원을 넣고 음악을 틀었다. 푸치니의 라보엠 중 아리아 '내 이름은 미미' 였다. 대학에서 음악을 전공했다는 할머니가 프리마돈나 시절 불렀던 아리아라고 했다.

할머니는 들고 있던 수영 가방에서 수영복을 꺼내 널고 커피를 내렸다. 나는 고개를 이리저리 돌리며 흥미로운 물건으로 가득한 집안을 둘러보았다.

"집 구경할래요?"

할머니는 이층부터 하나하나 내게 안내해주었다. 할머니의 집은 작은 박물관 같았다. 강화반닫이, 나비장, 삼층장, 이층장, 머릿장, 돈궤, 약장 등의 고가구는 시집을 때 혼수로 해 와서 지금까지 지니고 있다고 했다. 제법 이름이 알려진 화가의 소나무 그림부터 문외한인 내 눈에도 예사롭지 않아 보이는 수묵화와 도자기와 수집품들로 가득 채운 집안은 지난 세기 한국의 어느 양반집을 그대로 옮겨놓은 것 같았다. 어떻게 삼십 년이 넘는 이민생활 내내 이런 것들을 보관하고 계셨을까. 이사만 열 몇 번을 했다지 않으셨나. 물건에 얽힌 사연을 하나하나 설명하는 할머니의 목소리에는 자부심과 향수가 아련하게 묻어났다.

"60년대 말 어느 고등학교 바자회에서 만 원에 산 저 호랑이 그림 좀 보시오. 저게 예사 그림이 아니야. 저 절구통도 그때 마련했어. 저 병풍은 공사비 대신 받았는데 그때 남편은 꽤 알아주는 건설회사를 가지고 있었지. 제주 물항아리는 백 년이 넘었어. 이민 올 때 짐이 세 컨테이너였어. 잘살았지. 이게 많이 없앤 거야. 살림이 기울어서. 오자마자 사업하다가 사기도 당하고. 실패도 하고. 내가 이리될 줄 누가 알았을까. 저기 저 강화반닫이가 상태만 좋으면 3억은 가는 물건인데. 어휴, 그럼 뭐해, 여기서 누가 그걸 알아준다고……. 그래도 팔지는 않을 테요. 평생 애지중지하던 걸 어찌. 저걸 닦을 때마다 행복하오. 저 빛을 좀 보오."

하늘은 푸르고 바람이 살랑살랑 부는 날에 할머니의 식탁에 앉아 도무지 현실 같지 않은 이야기를 들었다. 간혹 강화반닫이에 눈길을 주며 색이 정말 곱다는 생각을 했지만 할머니가 완전히 이해되지는 않았다. 할머니의 이야기는 가지에 가지를 쳤다. 부모님의 부모님과 자식들의 자식들까지. 그 순간만은 늙고 병든 할머니의 현실은 거기에 없었다. 늙고 병든 할머니라고 불쌍하게만 생각했던 나는 오만했다. 누군가를 불쌍하게 생각하고 동정하는 것이야말로 가장 안일한 이해라는 생각이 들었다. 할머니는 당신의 생을 연결 짓는 단단한 고리 속에서 누군가의 어머니로, 딸로, 아내로 당당했던 시절을 때론 기쁨에 차서, 때론 쓸쓸함으로 회고했다. 그것은 저절로 떠오르는 기억이라기보다는 애써 지켜온 자존심같이 견고한 면이 있었다.

어느새 오후 두시가 가까워졌다. 오후 두시는 아이들이 수업을 마치는 시간이었다. 무슨 일이 있어도 학교에 아이들을 데리러 가야 했다. 아이들의 학교는 집으로 오는 버스가 다니지 않는 곳이었고 걸어서 집으로 올 수 있는 거리도 아니었다. 내가 시계를 볼 때마다 할머니는 가야 하나봐요, 라고 말했지만 이야기를 멈추지 않았다. 더이상 지체할 수 없을 만큼 늦어버린 후에야 나는 할머니의 말을 끊고 자리에서 벌떡 일어났다. 할머니의 얼굴에는 당황한 기색이 역력했다.

"제가, 진짜 가야 해서요. 커피 잘 마셨습니다."

나는 조금 단호하게 작별 인사를 했다.

"한 귀로 듣고 한 귀로 흘려버려요. 어휴, 젊은 사람 앞에서 괜한 말을 한 건 아닌가 모르겠네. 주책스럽게 말이 많아서 큰일이에요그래. 미안해요."

신발을 신고 현관문을 밀고 나가려 하자 할머니가 다급히 말했다. 오랜만에 말 상대를 만나 뜻밖에 술술 풀어버린 지난 삶의 실타래. 스스로 감회에 젖어 너무 많은 말을 해버린 후에 찾아온 허무함과 당혹감을 나도 알았다. 그것이 이국에서 얼마나 고이고 고인 혼잣말인지도 알았다. 등을 보이며 떠나려는 내가 곧 무심한 타인이 되어버리는 게 두렵기도 하셨을 것이다. 나는 현관문을 열다가 돌아가서 할머니를 꼭 안아드렸다.

"오늘 너무너무 즐거웠어요."

나는 최대한의 진심을 담아 다시 인사했다. 그날 할머니가 내게 말한, 한때의 영광과 추억과 장성한 자식과 영특한 손자와 그림과 음악과 꿈과 오십 년 전의 첫사랑은 어쩌면 모두 외로움에 대한 이야기였는지도 모른다는 생각을 하며 그 집을 빠져나왔다.

아이들의 학교로 향하며 나는 줄곧 강화반닫이를 떠올렸다. 할머니가 막노동에 가까운 식당일을 하면서도 강화반닫이를 놓지 못한 이유는 무엇일까. 한때 프리마돈나로 아리아를 불렀던 시절과 강화반닫이는 같은 것을 가리킬까. 고달픈 현실에서도 그것들을 기를 쓰고 지킨 걸 후회하지는 않을까. 아이들의 학교가 보이는 마지막 교차로에서 신호를 기다리며 서 있는데 문득 그런 생각이 스쳤다. 할머니가 강화반닫이를 지킨 것이 아니라 강화반닫이가 할머니의 삶을 지켰을지도 모르겠다고. 어쩌면 이토록 지리멸렬한 생을 흘러가게 하는 것은 무용하고 불가해한 것들일지도 모른다고. ✐

나의 두번째 고등학교

공부를 해보겠다고 다시 학교를 찾은 건 이민 온 지 십오 년쯤 지난 후였다.

처음 이민 와서는 도무지 영어가 들리지 않아 고통스러웠다. 일 년이 지나도 영어는 그다지 늘지 않았지만, 영어에 능숙하지 않고도 살아가는 방법을 영어보다 먼저 터득해 버티기가 조금 수월해졌다. 말하자면 그건 완전히 개운하지 않은 상태를 견디는 법, 상대방이야 뭐라 하든 말든 내가 꼭 해야 하는 말을 잊지 않고 전달하는 법, 못 알아들을 때는 부드러운 웃음으로 대처하는 법, 긍정도 부정도 아닌 포괄적인 대답으로 무지를 드러내지 않고도 친절해지는 법, 이런 걸 깨치게 되었다는 말이다. 그렇다고 내가 영어에 아주 맹탕은 아니었다. 나는 대학 때부터 오랫동안 과외 아르바이트를 해 스스로를 부양해야 했기 때문에 고등학생 때보다 더 열심히 영어 공부를 해왔다. 그때의 관록이 남아 여차하면 『성문 기본영어』의 예문이 툭툭 튀어나오기도 한다. (이토록 오래 『성문 기본영어』 예문에 기대고 살 줄이야!) 이민 오자마자 임신과 육아와 생계 속에서 허우적거리느라 초기에는 학교를 못 갔고 나중에는 굳이 뭘, 하며 안 갔는데, 그렇게 영어 공부를 하지 않고도 나의 귀는 시간과 상황에 따라 열렸다 닫혔다 하면서 완벽하지 않은 영어에 완벽하게 적응해갔다.

그렇게 세월이 십수 년 흘렀다. 네 살에 이민을 온 큰아이가 고등학교를 졸업할 즈음이 되었다. 문득, 아이가 대학을 가는데 나도 이 나라에서 양식 있는 시민으로 늙어가기 위해 고등학교 교육 정도는 받아보고 싶다는 생각이 그야말로 뜬금없이 날아들었다. 그래서 찾은 게 컨티뉴 에듀케이션 센터Continue Education Center, 일명 어덜트 스쿨Adult school이었다. 성인들을 대상으로 고등학교 교과과정을 가르치는 교육청 산하기관이었다. 캐나다에서는 이민자들의 본국 고등학교 졸업장을 인정하지 않기 때문에, 캐나다 대학에 진학하거나 전문 직업교육을 받고 싶으면 캐나다의 고교 졸업장이나 특정한 과목의 학점이 필요했다. 그러니까 그 학교에는 그런 목적을 가진 이민자와 고등학교를 제때에 졸업하지 못했거나 더 나은 점수를 받아 대학에 진학하려는 스무 살 언저리의 원어민들이 함께 다니고 있었다.

나는 대학에 진학하거나 다른 직업교육을 받을 생각은 없었다. 그냥 취미생활을 하듯 가벼운 마음으로 학교에 다니기 시작했다. 막상 들어가니 졸업장을 따려면 영어를 포함해서 다섯 과목의 12학년 과정을 마쳐야 했다. 결코 만만한 코스가 아니었다. 게다가 수강할 수 있는 과목들이 생물, 물리, 화학 같은 이과 계통이었다. 한국에서 인문계 고등학교를 졸업한 내겐 생소하고 무서운 과목들이었다. 한 학기 내내 인체에 대해 배우는 생물 과목은 세포의 구조부터 몸의 기관과 기능까지, 외워야 하는 게 너무 많은데 머리는 예전 같지가 않아 애를 먹었다. 방문을 닫아걸고 사흘을 책과 씨름하며 시험 공부만 한 적도 있었다. 그럴 때마다 애들은 걸핏하면 이런저런 이유를 대며 방문을 두드려댔다. 물리와 화학은 평생 한 번도 생각해보지 못한 새로운 영토였다. 세상에 그렇게 많은 힘이 있다니, 이렇게 많은 원소가 있다니. 모든 것이 분자로 이루어졌다니. 산소가 그리 중요하다니. 나는 그것들이 새삼 신기하고 아름다워 넋을 놓곤 했다. 삼십 년 전에 고등학교를 다닐 때는 한 번도 느껴보지 못한 배움의 기쁨이었다. 그럼에도 시험은 죽도록 어려웠다.

나는 이민 와서 처음으로 매일 아침 아이들 없이 혼자 어딘가로 외출하는 것에 신이 나 있었다. 도시락을 싸서 학교에 가고 낯설고 흥미로운 친구들을 만나는 것이 즐거웠다. 무엇보다 프로스트도 배우고 셰익스피어도 배우는 영어시간은 정말 행복했다. 잘해봤자 자랑할 데도 없고 칭찬하는 사람도 없었지만 나는 기를 쓰고 시험공부를 하고 작문 숙제를 하며 영혼과 육신을 갈아넣었다. 참으로 오랜만에 해볼 만한 '경쟁'을 만나니 명을 다한 줄 알았던 내 안의 인정욕구가 꿈틀대며 되살아났다. 노력하면 성과가 나온다는 말, 그건 이민생활 내내 나를 배반하던 신념이었다. 하지만 학교에서는 달랐다. 공부하면 시험 성적이 나왔다. 시험을 치고 좋은 성적을 받으면 아무짝에도 쓸모없는 그것이 그렇게 기쁠 수가 없었다. 물론 1등을 하면 더 기뻤다. 1등을 놓치면 몇 시간이고 진지하게 속이 상했다. 그렇게 나는 오랜만에 성취감에 취해 진짜 배우는 사람이 되어갔다.

쉰을 앞둔 나이였다. 고등학생이 되기에는 여러 면에서 무리였지만 나는 패자부활전 같은 두번째 고등학교의 모든 것이 재밌었다. 그중에서도 제일 즐거웠던 것은 새로운 사람을 만나는 일이었다. 교실에는 세계 각국에서 온 친구들이 있었다. 나의 좁은 생활 반경에서는 십수 년 동안 한 번도 부딪힌 적이 없는 사람들이었다. 수단이나 이라크에서 맨발로 산을 타고 바다를 건너온 난민도 있었다. 총알이 빗발치는 아프가니스탄의 전쟁터에서 도망 온 병사도 있었다. 그는 자신의 옆에서 친구가 총을 맞고 죽어가던 이야기를 하며 눈물을 흘렸다. 본국에서 의

사였다는 필리핀 친구도 있었고, 눈만 제외하고 몸을 전부 검정 부르카로 가린 말레이시아 친구도 있었다. 이란에서도 왔고 피지에서도 왔고 이탈리아에서도 왔다. 이야기를 나눠보면 하나같이 엄청난 사연을 가지고 있었고 본국의 악센트가 섞인, 같지만 같지 않은 영어를 썼다. 지난 세월이 어쨌든 그 교실 안에서 우리는 공평하게 어눌한 이민자였고, 교실 밖에서는 새로운 미래에 부푼 꿈과 두려움을 동시에 가진 이방인이었다. 함께 공부하는 시간이 늘어날수록 우리는 동지애와 연민으로 끈끈해졌다. 신기한 일이었다.

세네갈에서 온 라비아는 늘 눈만 드러낸 검정 부르카를 땅에 닿을 듯 길게 입고 쉬는 시간이면 기도하러 교실 밖으로 나가는 독실한 무슬림이었다. 무슬림의 교리를 궁금해하는 내게 그녀는 코란을 선물로 주기도 했다. 그런 그녀가 어느 날 자기 집에서 파티가 열린다고 나를 초대했다. 검정 부르카와 파티가 어쩐지 어울리지 않는다는 선입견을 가진 채로 나는 꼭 가겠다고 약속했다.

라비아의 집은 공장지대 끄트머리에 있는 허름한 주택가에 있었다. 주인집을 빙 돌아 작은 미끄럼틀이 있는 뒷마당에 도착하니 지하로 내려가는 계단이 보였다. 라비아가 미리 그려준 약도대로였다. 나는 조심스럽게 현관문을 똑똑 두드렸다. 잠시 후에 누군가 문을 열었다. 어깨까지 내려오는 컬이 굵은 파마머리에 소매 없이 몸매가 완전히 드러나는 푸른 드레스를 입고 집안에서 보석이 달린 은색 하이힐을 신은 여자였다. 핑크와 블루를 배합한 아이섀도에 코럴색 볼터치, 와인색 립스틱까지 여자의 화장은 짙고 화려했다. 집을 잘못 찾은 줄 알고 어리둥절해하는 나를 그 여자가 덥석 안았다.

"수, 나야 나. 나 라비아."

목소리가 라비아였다. 집안에는 이미 많은 친구들이 와 있었다. 그들 대부분은 북부 아프리카와 중동에서 온 무슬림으로 출신국이 달랐지만 같은 언어를 사용해 자유롭게 대화했다. 무슬림이 아닌 이방인은 나뿐이었다. 어색하게 앉아 있는 나를 라비아가 소개하자 한 명씩 다가와 나를 안으며 반겨주었다. 그중 한 사람은 볶지 않은 푸른 커피콩으로 맑게 내린 커피에 카더몬(생강과 맛이 비슷한 향신료로 아랍권 국가에서는 손님을 환영하는 뜻으로 카더몬을 넣은 커피를 대접하곤 한다)을 섞은 음료와 대추야자 열매를 가져다주었다. 창가에 놓인 둥근 테이블에는 각자가 가져온 음식들이 가득했다. 버터 치킨, 양고기 수프, 쿠스쿠스 샐러드와 고기로 속을 채워 구운 토마토와 달콤한 디저트까지. 그들 중 누구도 히잡이나 부르카를 착용하지 않았다. 그들은 집안으로 들어오자마자 화장실에서 옷을 갈아입고 화장을 한 뒤 거실로 나왔다. 하나같이 밝고 자유롭고 아름다웠다.

검정 부르카 속에 이렇게 화려한 여인들이 있었다는 게 믿어지지 않을 정도였다. 어떻게 아름다움에 대한 욕구를 참고 견디느냐는 내 질문에 라비아는 말했다.

"우리는 아버지와 형제가 아니면 오로지 남편 앞에서만 아름다운 모습을 보여줘. 왜냐하면 아름다움은 소중한 거니까 오로지 남편만 볼 자격이 있어. 무슬림에게는 아름다움으로 타인을 유혹하는 게 커다란 죄악이기도 하고."

밖에서 미끄럼을 타고 놀던 아이가 넘어져 우는 소리가 들렸다. 문 가까이 앉았던 여자는 그 와중에도 급히 스카프를 찾아 머리와 얼굴을 가리고 마당의 아이에게 뛰어갔다. 문밖에서는 잠시도 얼굴을 보이면 안 되기 때문이었다. 그들은 함께 사진을 찍자는 내 청을 부드럽게 거절했다. 그런 모습을 사진으로 남기는 것도 금기라고 했다. 오로지 남편과 자기 자신을 위해서만 예쁠 수 있다니 너무 불공평하지 않나.

"나는 부스스 꾸미지 않은 모습은 오직 남편에게만 보여주는데 너희는 완전 반대구나."

내 말에 모두 소리 내어 웃었다. 우리는 그렇게나 달랐지만 나는 되도록 아무런 판단을 하지 않으려 애쓰며 한나절 무슬림 여인들의 파티에서 먹고 마시며 웃고 즐겼다. 그들의 특별히 따뜻했던 환대는 낯선 옷차림보다 더 오래 내 머릿속에 남아 있다.

나는 이 년 만에 아무 쓸모가 없는 우수한 성적으로 고등학교를 졸업했다. 원하면 이름난 대학교에 진학할 수 있다고 선생님이 말했지만 내가 원한 건 거기까지였다. 학교를 졸업하며 꼭 연락하고 살자, 친구들과 다짐하며 헤어졌지만 그 후로 만난 적은 없다. 몇 년이 지난 지금은 이름도 가물가물하다. 친구들의 이름뿐 아니라 생물시간에 배운 호르몬의 종류와 장기의 기능과 세포와 DNA도 거의 기억나지 않는다. 화학식도 물리의 단위도 아무것도 머릿속에 남지 않았지만 그 시절을 생각하면 그냥 마음이 좋다. 그립지만 돌아가고 싶지는 않다. 어쩌면 돌아가지 않아도 되니 마음껏 그리워하는지도 모르겠다. 나의 두번째 학창 시절. 여행 같았던 시간에 스치듯 만난 친구들과 어깨동무를 하고 그렇게 그 시절 한 고개를 넘었다. 그것만으로 충분하다. 🐬

수단에서 온 아이샤

"아이샤는 선지자 무함마드의 세번째 아내이자, 무함마드가 가장 사랑했던 아내의 이름이야."

아이샤는 자신의 이름을 소개하며 덧붙였다. 나는 아이샤 하고 소리 내어 불러보았다. 부를 때마다 입안에 상큼한 맛이 감돌았다. 흑진주처럼 검고 반짝이는 피부를 가진 그녀는 머리에 히잡을 쓴 무슬림이었다.

"아이 엠 프롬 수단."

그녀는 이민자들의 인사 방식대로 출신국을 먼저 밝히며 환하게 웃었다. 수단이라면 언젠가 이태석 신부의 희생과 봉사와 사랑을 기리는 다큐멘터리에서 본 적이 있었다. 키가 유난히 크고 삐쩍 마른 맹인이 나무 그늘에서 무료하게 쉬고 있던 장면과 제 키만한 총을 들고 있던 어린 소년들이 떠올랐다.

나는 그녀를 12학년 수학 수업에서 만났다. 오랫동안 아이들에게 수학을 가르치며 생계를 이어온 내게 12학년 수학은 쉬어가는 수업이었지만, 초등학교도 제대로 못 다니고 성인이 되어서야 여기저기서 부정기적으로 공부해온 아이샤에게는 험난한 고갯길이었다. 학기 초에 아이샤가 내 옆자리에 앉았을 때, 그녀가 이해하지 못하는 수학 문제를 몇 번 가르쳐준 적이 있었다. 그 후로 수학 수업에 들어가면 그녀는 내게 물어볼 문제를 모아쥐고 내 자리에서 나를 기다렸다.

"나 꼭 졸업해야 해. 그래야 간호 학원에 갈 수 있어."

아이샤는 고등학교 졸업장이 꼭 필요해서 성인을 대상으로 하는 고등학교를 다니고 있었다. 큰아이가 대학에 가고 반쯤 해방이 된 내가 취미 삼아 학교에 다니는 것과는 처지가 달랐다. 아이샤는 느리지만 열심히 공부했다. 그녀의 절박함은 내게도 전해졌다. 그래서 더 열심을 다해 풀이 과정을 설명했다.

학기가 중간쯤 되어갈 때 아이샤의 안색이 점점 나빠졌다. 어디 아프냐고 물었더니 셋째를 임신했다고 했다. 입덧이 심해서 음식을 잘 먹지 못한다고 했다. 수업중에도 엎드려 있는 날이 많았고, 어떤 날은 수업이 끝나지도 않았는데 입을 막고 교실 밖으로 뛰쳐나가기도 했다. 친정도, 친척도, 친구도 없는 이곳에서 둘째 아이를 임신하고 입덧으로 고생하던 시간이 내게도 있었다. 헛구역질이 가라앉고 나면 돈을 주고도 먹을 수 없는 것들만 죄다 떠올랐다. 그게 서러워 울다가 먹다가 했다.

"뭘 좀 만들어줄까?"

그때 생각이 나서 아이샤에게 물었다. 아이샤는 소리 내어 웃었다.

"왜 이럴 땐 고향 음식만 떠오르는지 모르겠어. 엄마가 해준 음식이 먹고 싶어. 네가 할 수 없는 수단 음식들 말이야."

하긴 나도 그랬다. 아이샤의 고향인 수단의 음식은 듣지도 보지도 못한 것들이었고 내가 엄두를 낼만 한 것들이 아니었다. 그저 안아주고 등을 두드려주는 게 내가 할 수 있는 일의 전부였다. 어느 날은 내 품에서 엄마 생각이 났는지 엄마가 너무 보고 싶다고 울먹였다. 엄마를 언제 마지막으로 만났냐고 물으니, 이리저리 눈을 굴리며 계산하더니 이십칠 년이 되었다고 했다.

아이샤가 친척집 아이를 돌보기 위해서 도시로 간 것이 마지막이었다고 했다. 그때 아이샤의 나이는 고작 일곱 살이었다. 친척 아이를 돌보는 일곱 살의 아이샤. 자기와 체구가 크게 다르지 않은 아이를 업고 먹이며 남의 집 일을 도왔다고 했다. 그로부터 몇 년이 지난 후 내란이 심해졌다. 고향이 내란의 중심지가 되면서 다시는 고향에 가지 못했고 엄마를 만나지 못했다.

아이샤는 함께 살던 친척을 따라 피난하듯 수단을 떠났다.

난민이 되어 여러 나라를 거치다 캐나다에 정착했다. 아이샤에게는 나로서는 상상조차 할 수 없는 지난한 시간이 있었을 것이다. 아이샤는 몇 년에 한 번 고향에서 바람결에 흘러오는 소식으로 엄마의 생사만을 겨우 알고 있었다고 했다. 그러다가 얼마 전에야 엄마랑 통화를 했다고. 아이샤의 어머니는 고향의 뒷산을 오르고 올라 전화가 수신되는 지점을 찾았다고 했다. 그러고 나니 엄마가 더 보고 싶다고. 아이샤가 눈물을 그렁거리며 하는 말을 듣자니 가슴이 먹먹해져서 결국 나도 수학시간에 눈물바람을 하고 말았다.

"난 돈이 필요해. 돈을 많이 벌어야 해. 그러려면 좋은 직업이 필요하고. 그러려면 공부를 계속해야 해. 그래서 고등학교 졸업장이 꼭 필요해."

아이샤는 수단으로 돈을 보내고 있었다. 여기서 커피 한 잔, 햄버거 하나 덜 먹으면 그곳에 있는 가족들이 배곯지 않을 수 있다고도 말했다. 이곳에서 아무리 고생해도 수단의 가족들을 생각하면, 혼자만 잘 먹고 잘 사는 것 같다며 미안해했다. 이렇게 열심히 살다보면 언젠가는 꼭 고향의 어머니를 만날 수 있을 것이라고, 형제자매를 만날 수 있을 것이라고 아이샤는 믿었다.

"난 정말 고향으로 돌아가고 싶어. 내 조국에는 아직도 문제가 정말 많지. 내전이 끊이지 않고 여전히 굶어 죽는 사람이 있고, 교육과 의료 혜택을 누리는 건 꿈도 못 꾸지. 나도 알아. 그런데 어쩐지 나는 그곳에서 훨씬 더 행복했던 것 같아. 그래도 애들 때문에 돌아갈 순 없겠지?"

그곳에서 행복했다는 아이샤의 말은 절반쯤 진실이리라. 그렇다고 정말 그렇게 믿냐고 나는 되묻지 못했다. 그 말이 품은 뜻을 나도 알 것 같았기 때문이다. 고향이란 그런 곳이니까. 그런 곳이 세상 어디쯤에 존재한다고 믿는 것만으로도 얼마간 현실의 고달픔이 덜어질 수도 있으니까.

아이샤가 수업료라며 오렌지 한 알을 내 손에 쥐여주었다. 학교를 졸업하고 취업을 하면 밀린 수업료를 제대로 쳐주겠다는 말과 함께 내 어깨를 껴안았다. 아이샤가 고향뿐만 아니라 여기, 이곳에서도 행복했으면 좋겠다고 생각하며 손톱에 힘을 주어 오렌지 껍질을 깠다. 🖋

나쁜 세상이 아니라 슬픈 세상

지난여름 십육 년 만에 출간된 첫 책 마중을 하느라고 한국에
나갔다. 그때 머물렀던 충무로의 한 호텔에는 콘크리트 벽은 없
고 유리로 된 열리지 않는 창만 있었다. 동향이라 햇살이 새벽
부터 눈을 찔렀다. 밤새 뒤척이다 잠든 지 겨우 두어 시간쯤 지
나면 해가 떴다. 햇살은 오전 내내 쏟아져 들어왔다. 침대는 유
리 벽에 바짝 붙어 있어 그 속에서 나는 억지로 데워진 온실
속의 식물이 된 듯했다. 에어컨을 켜도 해가 창을 데우는 속도
를 따라가지 못했다. 방이 작아 어디 도망갈 데도 없었다. 침대
에서 이리저리 햇살을 피해 돌아누워보다가 이불을 들고 침대
아래 작은 그늘로 내려가 멀리 있는 내 집을 그리워하곤 했다.
하루하루 값비싼 비용을 지불하며 체류하는 한국에서의 시간
도 온실 속 식물처럼 억지스러웠다.

몸과 마음이 유난히 지치던 여름이었다. 책에 대한 예의를 들먹이며 무리해서 한국행을 감행한 터였다. 책은 출간되자마자 분에 넘치는 평을 받았지만 흥분되고 기쁜 마음과는 별개로 왠지 나는 몸을 가누기 힘들 만큼 매일 지쳐갔다. 그토록 그리워하던 곳에 와서, 내 집에서 내 손으로 소박한 밥을 만들어 먹고, 동네를 천천히 걸어 산책하고, 잠들기 전에 아이들을 꼭 안아보던 범박한 행복을 도리어 그리워하고 있었다. 그런 내가 떼를 쓰고 있는 아이처럼 부끄럽고 못마땅했다.

초록색 원피스에 굽 낮은 샌들을 신고 있었다. 강남 어디쯤에서 인터뷰를 하고, 다음 약속 장소인 서촌으로 가기 위해 3호선 전철을 탔다. 퇴근 시간이 조금 지났는데도 전철 안은 혼잡했다. 손잡이를 잡고 섰다. 땀이 흘러 몸은 끈적거렸다. 오랜만에 한국에 들어오면 뭘 해도 어색한데 특히 전철 칸에 서 있으면 자세가 참 안 잡혔다. 뭔가 엉거주춤하기도 하고 불안정하기도 하고. 그날도 그랬다. 손잡이도 안 잡고 좋은 스탠스로 서서 휴대전화를 보는 사람도 많던데. 마치 전철의 주행과 정차에 어떤 리듬이라도 있는 듯 유연하게 대처하던데. 기쁘지도 슬프지도 않은 표정으로, 전철 속 어떤 사람과도 시선을 부딪지 않고, 이어폰으로 외부 소음을 차단한 채 각자의 세상을 여행하는 세련된 사람들 사이에서 나는 거슬리는 물건처럼 혼자 박자를 맞추지 못하고 있었다. 전철 어느 구석에 서도 마땅치 않은 상태로 나는 주눅이 잔뜩 들었다.

체류 기간이 길어질수록 객고가 쌓여갔다. 그래서인지 복잡한 출퇴근 시간 전철을 타면 참을 수 없이 덥고 속이 메슥거렸다. 아무리 들숨을 쉬어도 산소가 몸으로 들어오지 않는 것 같아 숨을 자주 들이마셨다. 운좋게 자리에 앉으면 옷을 벗을 수 있을 만큼 벗고 부채질을 해대기도 했다. 어쩌면 그게 공황장애일지도 모르겠다는 생각이 들기도 했지만 전철에서 내리고 나면 증세는 가벼워졌다.

그날도 몸 상태가 좀 안 좋았다. 손잡이에 매달려 기운을 차리려고 애를 썼다. 그러다가 잠깐 휘청하면서 반걸음쯤 뒷걸음을 쳤다. 키가 아주 큰 여자가 시종 통화를 하며 내 뒤에 서 있었는데 자기 쪽으로 휘청하는 나를 앞으로 힘껏 밀어버렸다. 나는 다시 앞으로 휘청했다. 앞사람과 부딪히지 않으려 손잡이에 힘을 주었다.

여자의 태도는 충격적이었다. 정신이 번쩍 들었다. 누가 넘어지려고 하면 잡아줘야 하는 거 아닌가. 넘어지지 않게 부축해줘야 하는 거 아닌가. 무슨 징그러운 벌레 대하듯 그리 대해도 되나? 그이에게 부딪힌 것도 아니었다. 발을 밟은 것도 아니었다. 위협적인 속도로 넘어진 것도 아니었다. 그녀의 태도는 단호했고 그 손길에는 어떤 연민도 자비도 없었다. 털끝이라도 건드리면 가만두지 않겠다는 방어의 의지만 확고하게 느껴졌다. 자신을 보호하려는 마음이 너무 컸던 것일까. 내게 무슨 억하심정이 있었을까.

나는 서운함을 숨기며 뒤돌아보고 미안하다고 말했다. 속이 많이 상했지만 아무 말 하지 않고 손잡이를 더 힘주어 잡았다. 서러운 척도 안 하고, 화난 척도 안 했다. 그건 너무 자존심이 상했으니까. 허리를 똑바로 세우고 서서 누구의 시선도 붙잡지 않도록 더 긴장하면서 남은 시간을 보냈다.

여자는 나와 같이 경복궁역에서 내렸다. 운동하러 가는 길인지 커다란 가방을 메고 있었다. 출구를 향해 걸으며 그 혼잡함 속에서도 이어폰을 끼고 계속 통화하고 있었다. 나는 그 여자 뒤에서 걸었다. 에스컬레이터가 올라갈 때도 그녀 뒤에 서 있었다. 분하고 속상해서 따지고 싶은 마음도 있었지만, 그 때문에 여자를 따라간 것은 아니었다. 가다보니 그녀 뒤였다. 출구까지는 꽤 멀었다.

언제부터였나. 여자는 울고 있었다. 누군가와 통화를 하면서, 그날 있었던 속상한 이야기를 하면서 울었다. 울면서 걸었다. 슬퍼서 나를 밀쳤을까. 왜 저 젊고 아름다운 여자가 울고 있는가. 왜 한 손으로 눈물을 훔치며 걷는 것일까. 오늘 그녀에게는 어떤 일이 있었을까. 직장에서 속상한 일이 있었나. 애인이 마음을 상하게 했을까. 부모님이 아픈 걸까. 친구가 오해를 했나.

여자의 뒤를 따라 걸으며 이런저런 생각을 하다 나는 여자를 미워하는 일을 포기하고 말았다. 어쩜 나쁜 세상이 아니라 슬픈 세상인지도 모른다는 생각이 들었다. 나도 조금 울고 싶어졌다. 지옥에서는 누군가를 구할 여유가 없을 테니까. 그날 그녀는 지옥을 겪고 있었는지도 모를 일이니까. 나는 어느새 그녀의 하루가 무사하기를 기도하는 마음이 되었다. 🐦

무용하고 사치스러운 것들

남편 생일 식사를 위해 식당을 예약했다며 아들이 문자를 보낸 건 생일이 한 달이나 더 남았을 때였다. 아들은 예약하기 힘든 곳이라 좀 서둘렀다고 했다. 나는 식구들 생일날 미역국을 끓이지 않은 지 꽤 되었다. 함께 살 때는 미역국을 끓이고 생선을 굽고 찰밥을 해서 늘 생일상을 차려냈다. 아이들이 생일을 귀하게 대접받는 날로 기억해주길 바라는 마음에서였다. 하지만 아이들이 자라고 생일날 집에 올 수 없는 거리에 뿔뿔이 흩어져 살게 된 후부터 미역국은 일부러 끓이지 않았다. 미역국을 못 먹을 때도 있다보니 미역국이 오히려 결핍의 기억이 될 것 같아서였다. 대신 생일이 가까운 주말에 식구가 모두 모여 함께 밥을 먹었다. 그나마 그 정도는 모일 수 있는 거리에 살아 가능한 일이었다.

아들이 돈을 벌고부터는 제법 괜찮은 식당으로 가족을 불러 냈다. 밴쿠버의 야경이 훤히 보이는 일식당일 때도 있었고, 팔 뚝만한 스테이크가 구워져 나오는 양식당일 때도 있었다. 껍데 기가 부드러운 게 튀김이 인상적이었던 멕시코 식당도 있었다. 평생 돈을 폼 나게 써보지 못한 우리 부부에게는 아들이 데려 가지 않으면 가보지 못했을 식당들이 대부분이었다.

그렇게 아들의 초대로 이십 년 넘게 살아온 익숙한 도시의 낯선 장소들을 가보는 것이 신기하기도 하고 어색하기도 했다. 넓은 나라에서 자유롭게 살겠다며 이민을 왔지만 아이러니하 게도 우리는 여러 한계에 부닥쳐 오랫동안 협소하게 갇혀 살았 다. 우리 부부에게 외식이란 값싸고 양 많은 중식당이나 고기 를 푸짐하게 얹어주는 베트남 국숫집이 전부였다. 아이들이 어 릴 때는 가난해서 그랬지만, 지금은 비싼 돈 들여 주눅 든 채로 먹느니 오랜 단골집에 가서 편하게 먹자는 마음이 컸다.

그러나 아이들의 마음은 달랐다. 사회생활을 시작한 아들은 좋은 걸 먹을 때마다, 새로운 걸 볼 때마다 싸구려 음식만 사 먹는 부모가 마음에 걸리는 모양이었다. 처음에는 돈 아깝다며 손사래를 치던 나도 아들이 마음에 걸려 하는 것이 뭔지 알 것 같아 아들이 하자는 대로 했다. 마음이 내키지 않아도 애들이 주고 싶어하는 걸 받아주는 것도 부모 노릇이려니 했다. 이번 남편 생일날도 그랬다.

아들이 예약해둔 곳은 테이블이 몇 개 안 되는 작은 일식당이었는데, 일본 현지에 온 듯 독특한 아우라가 풍겼다. 먼저 받아본 사케 메뉴만도 수십 가지였다. 매니저가 가져온 스페셜 메뉴에는 그림과 함께 상세한 설명이 적혀 있었는데 얼핏 본 음식값은 기가 질릴 정도였다. 일본 고베 지역에서 공수해 온 와규 초밥은 세 조각에 50달러였고, 오랫동안 보지 못해 멸종된 줄 알았던 홋카이도 털게는 한 마리에 300달러였다. 초밥은 열 조각에 100달러가 넘었다.

"세상에, 푸아그라 초밥이 있어?"

남편이 촌스럽게 놀랐고 나도 표정 관리가 힘들었다. 아들은 이것저것 겁 없이 비싼 것들을 주문했다. 나는 우아하게 미소를 지으며 앉아 있었지만, 머릿속으로는 주문한 음식값을 더해보느라 바빴다. 대강 잡아도 백만 원은 나올 것 같았다. 이 밥값이면 약속 장소로 오는 차 안에서 남편이 갖고 싶다며 사진을 보여준 캠핑용 파워뱅크를 사고도 남겠다는 생각이 스쳤다. 내 평생 이렇게 비싼 식사는 처음이었다.

음식은 가격에 비해 아주 소량이었다. 우린 딱 하나 나온 성게알 초밥을 서로 먹으라고 밀어내느라 초밥을 쓰러뜨렸고, 세 조각이 나와 인원수에 맞지 않았던 와규 초밥을 젓가락으로 찢느라 모양을 엉망으로 만들었다. 나는 그럴 때마다 맛있고 푸짐하고 값싼 음식들을 떠올렸다.

"엄마, 쪼개지 말고 그냥 드세요! 그게 그 모양으로 나온 건 다 이유가 있어."

아들이 양보한 초밥을 먹을 땐 정말이지 어색하고 편치 않았다.

"어휴, 이렇게 비싸서 어떻게 하나?"

계산서를 받아 든 아들을 보며, 절대 하지 말아야지 내내 다짐했던 말이 공기가 새어나오듯 입 밖으로 흘러나왔다.

"엄마, 그런 말 하지 마세요. 꼭 모시고 오고 싶었어요. 내가 이러려고 돈 열심히 벌잖아요. 담에는 더 맛있는 데로 모시고 갈게요."

아들이 말했다. 형편에 맞지 않는 유난한 식사를 하고 복잡한 마음이었던 나와는 달리, 그날 아들은 원을 푼 것처럼 유난히 기분이 좋아 보였다.

돌아오는 차 안에서 아이들이 갖고 싶어했던 것과 내가 주었던 것에 대해 생각했다. 아들이 포켓몬 카드를 갖고 싶어했을 때, 나는 포켓몬 캐릭터를 분석한 책을 사주는 것으로 아이의 욕구와 나의 이상적인 육아법의 괴리를 어디쯤에서 타협했다. 나의 유난한 육아법 때문에 아들은 친구들이 카드를 가지고 노는 데 낄 수 없었다. 비폭력적인 아이로 키우겠다며 단 한 번도 총이나 칼을 사준 적이 없었다. 변신 로봇도 소리 나는 자전거도 천박하다며 사주지 않았다. 대신 천체망원경과 나이에 맞지 않게 어려워 읽기 힘든 세계 명작과 조각이 너무 많아 며칠을 들여다봐야 겨우 맞출 수 있는 고난도의 퍼즐을 사주었다. 그런 것들은 아이의 소망이 아니라 엄마의 희망이었다. 그런 게 아이를 얼마나 힘들게 했을지 생각하면 지금도 민망해서 얼굴이 달아오른다.

아들에게도 그런 것들이 있겠지. 내 부모에게 이건 해주고 싶다는 소망 같은 거. 그걸 해줌으로써 자신의 오랜 염원을 풀고 싶은 마음이 아들에게 분명히 있을 것이다. 그것은 부모의 필요보다는 자신의 응어리에 가깝다. 내가 내 자식에게 가졌던 것이 내 생의 응어리였던 것처럼. 평생 악기를 배워본 적 없던 내가 두 살 된 아이에게 사줬던 8분의 1짜리 바이올린 같은 거. 아들은 그것을 한 번도 제대로 켜본 적이 없었고 초등학생 때 실수로 깔고 앉아 완전히 망가뜨렸다. 나는 왜 그걸 그리 애지중지 가지고 있었을까. 필요가 없어진 후에도 오랫동안 말이다.

그런 생각을 하면 아들이 우리 부부에게 사준 밥은 맛있게 먹고 배 불리는 음식의 의미를 넘어 어떤 지표 같은 건지도 모르겠다. 그걸 뛰어넘어야 다음으로 나아갈 수 있는 체증 같은 건지도. 어쩌면 이제 아들은 부모 없이 먹는 비싼 밥을 조금 가볍게 먹을 수 있을지도 모른다. 부모의 등골을 빼서 지금의 자신이 만들어졌다는 죄책감에서 조금은 벗어날지도 모르겠다.

이민 2세들은 부모의 한이 무엇인지 정확히 알지 못한 채로 부모의 한을 물려받았다는 말을 언젠가 아들이 한 적이 있다. 자신을 키우느라 많은 것을 희생한 부모님이 고맙기도 하지만 그것을 생각하면 말할 수 없이 우울해진다며 울먹이던 스무 살의 아들이 떠오르기도 한다. 의도하지는 않았다 해도 나도 모르는 새 아이의 어깨에 짐을 얹었다 생각하니 미안하기도 했다.

아들이 우리보다 더 큰 세상을 훨훨 자유롭게 날아다니기 위해 무용하지만 값진 허세의 값을 지불했다고 생각하자 그것도 의미가 있었다.

"파워뱅크는 내가 사줄게."

돌아오는 차 안에서 내가 말했다. 남편은 아직도 비싼 밥값의 충격에서 벗어나지 못하고 있었다.

"아니다. 그냥 당신이 사. 당당하게 자신을 위해서 돈을 좀 써 봐."

나는 몇 마디 덧붙였다. 그래야 애들도 맘이 편할 거라는 말은 하지 않았다.

"부모 노릇이라는 게 참 끝없이 어렵다. 비싼 밥도 먹어줘야 하고, 사치도 좀 부려야 하고."

남편이 말했다. 우리는 소리 내서 함께 웃었다. 남편도 나와 같은 생각을 하고 있었다는 게 좀 신기했다. 🐬

우리가 했던 말이 우리의 위안이 된다

아이의 전화가 들어온다. 심장이 먼저 덜컥 내려앉는다. 내가 있는 한국은 오후 여섯시, 아이가 있는 캐나다는 새벽 두시다. 전화하기에 적당하지 않은 시간이다. 영상통화가 켜지고 아이의 얼굴이 나온다. 화면에 뜬 아이를 불안하게 바라본다. 뭔가가 지나가거나 지나가는 중인 얼굴. 엄마를 놀래지 않게 하려고 애쓰는 기색. 호들갑스럽게 묻지 않으려고 마음을 가다듬어보지만 말이 먼저 나간다.

"얼굴이 왜 그래? 무슨 일 있어?"

—노트북에 뭘 쏟았어. 근데 괜찮아, 엄마.

지난봄부터 아이는 휴학하고 두번째 인턴을 하고 있었다. 그렇게 번 돈으로 나름 거금을 들여 꽤 값나가는 노트북 컴퓨터를 샀다. 그러니까 고작 서너 달 쓴 새 노트북에 뭘 쏟았다는 말이었다. 아이는 짙은 회색에 얇고 세련된 디자인의 그 노트북을 오랫동안 갖고 싶어했다. 자신이 번 돈으로 그걸 사고 아이는 참 좋아했다.

"속도가 어마어마해, 엄마. 이제 다시는 예전 것으로 돌아갈 수 없을 것 같아."

네 해 전, 대학 1학년 때 기숙사에 있던 아이가 울면서 전화한 적이 있다.

—커피를 쏟았어. 나 이제 어떡해.

그때 나는 기숙사에 아이를 넣어두고 밤낮을 걱정과 그리움으로 보내던 중이었다. 전화기 저편에서 울고 있는 아이를 생각하니 애간장이 녹는 것 같았다. 전화를 끊자마자 내가 사용하던 노트북을 챙겨 아이의 학교로 갔다. 나는 내 컴퓨터를 딸아이에게 주면서, "잊어버려. 살다보면 일어나는 일이야. 반성도 하지 마!"라고 짐짓 대범한 척했다. 이미 엎질러진 물이니까.

이번에 아이의 노트북에 주스를 쏟은 건 아이의 친구였다. 아이는 친구를 책망하지 않겠다고 했다. 어수선한 공간에서 노트북을 켜놓고 일한 자신의 잘못도 있다며 친구를 감쌌다.

—그보다 엄마, 생이 정말 큰일 날 뻔했어. 여기 뉴스에도 인터뷰 영상이 나왔어.

아이는 재빨리 화제를 돌렸다. 단풍이 지천이던 주말, 생은 친구 셋과 함께 밴쿠버에서 다섯 시간쯤 떨어진 또다른 친구의 별장으로 여행을 갔다. 돌아오는 날에는 기록적인 폭우가 내렸다. 아이들은 빗길 운전의 위험을 감지하지 못했다. 음악을 들으면서 함께 노래도 부르며 즐겁게 길을 달렸다. 마을 곳곳이 물에 잠겼지만 아이들은 몰랐다. 토사가 흘러내렸고 도로가 유실되었다. 아이들은 막힌 길을 돌아 나와 우회도로를 선택했다. 폭우가 위협이 되리라는 생각을 하기에 아이들은 너무 젊었다.

오후 다섯시 반쯤이나 되었을까. 날은 급히 어두워졌고 비는 더 거세어졌다. 도로가 침수되어 갈 수 있는 길이 많지 않았다. 그제야 아이들은 긴장해서 서로 손을 잡았다. 한 시간만 더 가면 밴쿠버였다. 멀리 다른 차의 불빛도 보였다. 아이들도 속도를 줄이고 불빛을 따라갔다. 그때 산의 한 귀퉁이가 무너지며 거대한 흙더미가 달려들었다. 차는 순식간에 100미터쯤 밀려나 다섯 바퀴를 굴러 강의 어귀까지 떠밀렸다. 순식간에 물과 흙이 차로 밀려들어왔다. 셋은 깨어진 창으로 빠져나왔지만 생은 물에 잠겼다. 의식을 잃어서 스스로 나올 수 없었다. 생의 친구가 차 안으로 다시 들어가 팔을 휘저었다. 생의 안전벨트를 풀고 선루프로 생을 끌어올렸다. 넷은 차의 지붕 위에 올라갔다. 사방은 칠흑같이 어두웠다. 아무런 불빛도 인적도 없었다.

생은 베트남에서 유학을 온, 딸아이의 친구다. 유난히 한국 음식을 좋아해 자주 집에 불러 밥을 해 먹이기도 하고, 기숙사로 한국 음식을 날라다주기도 했다. 어느 날은 저녁을 실컷 먹고 밤 열시쯤 되었을 때 내게 다가와 "맘, 저 김치찌개 좀더 먹어도 돼요?" 하더니 야식으로 또 김치찌개를 한 그릇 가득 먹어 나를 놀라게 했다. 따뜻하고 쾌활한 생을 나도 좋아했다. 생은 베트남에 다녀올 때마다 내 선물을 챙겨 오는 다정한 아이였다. 코로나19로 이 년이 넘게 집에 가지 못한 아이에게 마음이 많이 쓰여 자주 생의 안부를 챙겼는데, 내가 한국에 있는 사이에 그런 큰일이 있었다는 것이다.

지붕에 올라간 아이들은 누구에게랄 것도 없이 구해달라 소리를 질렀다. 아무도 대답하는 이가 없었다. 넷 중에 전화기를 쥐고 탈출한 아이는 하나였다. 배터리가 고작 10퍼센트쯤 남은 전화기로 911에 전화를 걸었지만 연결되지 않았다. 누군가는 이렇게 죽는 거냐고 소리치며 울었다. 젖은 몸 위로 차가운 비가 쏟아졌다. 여러 번의 시도 끝에 911에 연결되었지만 어디서 어떻게 떠밀려 왔는지 설명하기도 전에 전화가 끊겼다.

"너무 추워서 옷을 벗고 서로 껴안고 있었어. 누군가가 소변을 누면 그게 그렇게 따뜻하게 느껴졌어. 나는 내 몸의 마지막 소변까지 짜내어 나를 데웠어. 울다 지치면 지난 삶을 돌이켜봤어. 엄마 아빠에게 사랑한다고 말한 지가 너무 오래되었다는 게 기억났어. 베트남에서 여기까지 우리 부모님이 어떻게 날 찾지, 그런 생각을 했어. 내가 가족과 너무 멀리 떨어져 있다는 게 비로소 실감 났지."

마지막 남았던 전화기의 배터리도 나갔다. 차의 주변으로 흐르는 물소리는 위협적이었고 이 상태로 조금만 더 지나면 얼어 죽을 것이었다. 천식이 있는 진구는 자꾸만 의식을 잃었다. 조금 전 생을 구해낸 용감한 친구도 엉엉 소리 내어 울었다. 차갑게 식어가는 그들을 제외하면 어떤 생명의 기운도 보이지 않는 어둠 속에서 그들은 바짝 다가온 죽음의 그림자를 느꼈다. 멀리 아스라한 불빛이 그들을 비추었을 때는 일곱 시간 반을 버틴 후였다. 전화기 위치 추적으로 그들을 찾아낸 구급대의 구조로 병원으로 옮겨졌다.

그 밤, 폭풍우로 심란해하며 늦게 잠이 든 딸아이는 날이 훤히 밝아서야 깨어났다. 무심코 전화기를 들여다보다 생의 메시지를 보았다. 메시지의 내용을 보고 딸은 벌떡 일어났다. 발신 시간은 자신이 잠들고 고작 삼십분이 지났을 때였다. 전화기도 노트북도 모두 물에 잠긴 차 안에 두고 몸만 나온 생이 병원에서 페이스북에 겨우 접속해 메시지로 자신의 사고를 알려 온 것이었다. 아이는 죽음에서 막 빠져나온 생이 생존을 알리기 위해 보낸 메시지도 전화도 받지 못한 것을 자책했다.

병원은 면회가 되지 않았다. 딸아이는 생이 퇴원하자마자 생의 자취방으로 달려갔다. 젊은 몸은 회복이 빨랐지만, 생은 아직 죽음의 공포에서 완전히 벗어나지는 못했다. 악몽에 시달리고 수시로 불안과 두려움에 떨었다. 하지만 생은 특유의 명랑함을 짜내서 말했다.

"구조됐을 때 우리 모두 거의 알몸이었어. 그러니까 그렇게 담요에 싸여 병원으로 옮겨졌는데, 어쩐지 그게 꼭 알몸으로 다시 태어난 기분이더라고"

생이 웃는 얼굴로 그렇게 말했을 때 아이는 생을 안고 울었다고 했다. 이 소중한 친구가 무사해서 너무 감사했다고 했다. 그리고 그날 밤 다른 친구들을 만나던 중에 자신이 애지중지 아끼던 노트북이 완전히 망가진 것이었다.

─엄마, 내가 노트북도 전화기도 다 잃어버린 생에게 그런 말을 했어. 노트북 같은 건 아무것도 아니라고. 그건 일해서 돈 벌고 또 사면 되지. 우리가 잃을 뻔했던 것에 비하면 정말 아무것도 아니잖아. 그런데 내 노트북이 그렇게 된 거야. 나는 내가 생에게 했던 말을 내게도 했어. 그 말이 내게 정말 위안이 됐어. 나 정말 괜찮아. 엄마가 속상해하지만 않는다면 완전히 더 괜찮을 것 같아.

우리는 결국 우리가 했던 말로 위안을 받는 걸까. 아이의 이야기를 들으며 검은 폭풍우 속에서 죽음에 성큼 다가간 생을 생각하다가 몸을 으스스 떨었다. 얼마나 놀랐을까. 얼마나 무서였을까.

"그러니 회복 가능한 것에 너무 괴로워하지 마."

나는 딸에게 말했다. 그건 내게 하는 말이기도 했다. 물론 내일쯤은 생과 사의 거대한 담론은 잊어버리고 또 사소한 것들로 스스로를 들들 볶아대겠지만. ✐

4부

돌아오기 위해
떠나는 길

돌아오기 위해 떠나는 길

딸아이 봄방학이 시작되는 날, 하교하는 아이를 싣고 국경을 넘었다. 며칠 동안 중간고사를 치르느라 고단했는지 딸은 창과 머리 사이에 베개를 받쳐두고 기대어 금세 잠이 들었다. 어느새 아이는 여차하면 길에서 자야 할지 몰라 늘 준비해 다니던 이불까지 꺼내 덮고 있었다. 딸은 자세를 바꾸어가며 먹지도 마시지도 않고 열 시간을 내리 잤다.

엄마의 역마살을 물려받았는지 아이는 길 위에서의 시간을 좋아했다. 불편한 차 안에서 잠드는 것을 편안한 침대 위보다 더 즐겼다. 미국의 북서부 해안 도시 시애틀을 지나 내륙 쪽으로 차를 몰아 90번 도로를 탔을 때 등 뒤로 해가 길어졌다. 그 길로 계속 가면 거대한 미국 대륙을 가로질러 동부의 뉴욕까지 갈 수 있었다.

"우리도 언젠가는 이 길의 끝까지 가보자."

몰려오는 졸음에 운전대를 꽉 잡고 나는 말했다. 아이도 남편도 깊은 잠에 빠져 내 말을 듣지 못했다. 운전 시간이 세 시간을 넘어가자 집중력은 낡은 고무줄처럼 느슨해졌다. 이제 더이상 젊지 않구나. 나는 하나 마나 한 소리를 마치 새롭게 발견한 이론처럼 중얼거렸다.

3월이라도 눈 덮인 산이 장관이었다. 반차를 내고 온 남편은 여태 작업복 차림이었다. 해가 어스름 기울기 시작할 때 언덕위의 휴게소에 차를 세우고 컵라면을 끓였다. 그때도 아이는 깨지 않았다.

"배고픈 건 그렇다 치고 화장실은 안 가고 싶을까."

나는 백미러로 아이를 힐끗거리며 말했다. 백미러에는 산에 걸린 붉은 태양이 엽서처럼 담겨 있었다. 겹겹의 산속으로 해가 지고 있었다. 하늘은 보랏빛으로 물들었다. 해가 넘어가자 경계가 잠시 더 붉어지다가 이내 다시 어두워졌다.

시간 변경선을 넘어서니 자정이 지났다. 도둑맞은 한 시간 때문에 시간은 더 빨리 갔다. 1천 킬로미터를 달린 후 작은 마을로 들어섰다. 'VACANCY'. 빈방이 있다는 표지를 보고 모텔 문을 밀었다. 자다 깬 주인장이 애매한 시간에 모텔로 들어오는 아이와 남편과 나를 의심쩍게 쳐다보며 키를 내주었다. 그는 딱 하나 남아 있는 방이라는 말을 잊지 않고 했다.

지나치게 푹신한 침대는 담배 냄새에 절어 있었다. 양치만 하고 드러누웠다. 도대체 무엇 때문에 멀쩡한 집을 두고 이렇게 돌아다니는 걸까? 이런 밤이면 늘 스스로에게 묻게 되는 질문이다.

"그래도 나는 여행이 좋아."

자는 줄 알았던 딸이 말짱하게 대답했다.

일어나자마자 화장실에서 밥솥에 밥을 했다. 화장실은 밥솥이 더운 수증기를 내뿜어도 화재 경보등이 울리지 않는다는 것을 경험으로 알았다. 하얀 쌀밥이 든 밥솥을 담요에 한 번 더 감싸서 트렁크에 실었다. 그날 하루 양식이었다. 대륙 쪽은 도시도 식당도 많지 않았다. 무엇보다 우리에겐 허투루 쓸 돈이 없었다. 정오가 다가왔을 때 나는 남편과 운전대를 바꾸고 트렁크에서 밥솥을 꺼내 안고 조수석에 앉았다. 조금 딱딱해지긴 했지만 아직 온기가 남아 있는 밥을 퍼내 비닐장갑을 끼고 주먹밥을 만들었다. 김을 부숴 넣고 잔멸치볶음을 섞어 한 입 크기로 줄을 세웠다. 이제 아이는 얼마간 피로가 풀렸는지 다이어리를 펴서 시를 적기 시작했다. 달리는 차 안에서 시를 쓰는 것은 아이의 오랜 취미였다. 아이가 영어로 시를 읽어주었다. 나는 완전히 이해하지는 못했다. 그래도 참 좋다며 호들갑을 떨었다. 남편이 오디오에서 나오는 오래된 노래를 따라 불렀다. 졸린 모양이었다. 운전을 하다 졸리면 남편은 늘 노래를 따라 불렀다.

이틀을 달려 라스베이거스에 닿았다. 그랜드 서클 주위로는 도시랄 게 없었다. 라스베이거스에서 하룻밤을 지내며 여장을 재정비하기로 했다. 밤의 언덕에서 내려다본 라스베이거스는 거대한 용광로 같았다. 캐나다에서 출발해 그곳에 닿는 동안 끝없는 어둠의 벌판을 지나왔다. 인가는 드물었고 한 시간을 달려도 차 몇 대 만나지 못할 때도 있었다. 그러다가 닿은 라스베이거스는 밝다는 느낌보다 뜨겁다는 느낌이 먼저 들었다. 도시 안에는 베니스의 운하와 파리의 에펠탑과 이집트의 피라미드가 진짜보다 더 반짝였다. 화려했고 현란했고 복잡했다. 값싼 호텔에서 하룻밤을 묵었다. 호텔 창으로 마주 보이는 마천루 옥상에 자이로드롭이 로켓처럼 서 있었다. 기구가 처박힐 듯 아래로 떨어져 내릴 때 사람들은 기괴한 소리를 질렀다. 극단적인 공포와 기쁨이 뒤섞인 소리였다. 라스베이거스와 어울리는 비명이었다.

이 여행은 우연히 구글에서 본 한 장의 사진에서 시작되었다. 붉은 바위에 파도가 새겨진 듯했다. 겹겹의 바위가 나선형으로 물결쳤다. 물결치는 바위 사이로 미로가 펼쳐졌다. 앤털로프캐니언이라는 곳이었다. 구글 지도에 목적지를 넣어보니 집에서 2,188킬로미터였다. 자동차로 22시간 14분. 화장실도 가지 않고, 먹지도 자지도 않고, 교통 체증도 없고, 주유도 하지 않았을 때의 시간이었다. 쉬엄쉬엄 무리하지 않고 운전한다면 사흘은 걸릴 거리였다. 유타와 애리조나, 네바다에 있는 여덟 개의 국립공원과 캐니언을 방문하기로 했다. 브라이스캐니언과 자이언캐니언, 모뉴먼트밸리, 아치스 국립공원 등을 돌아보려면 대략 잡아도 6천 킬로미터쯤은 될 것이었다.

가고 싶어 안달이 났다. 어쩌면 목적지는 핑계에 불과할지도 몰랐다. 어디론가 떠나야 할 때가 왔다는 사실을 직감하고 있었다. 아침은 시들했고 밤은 불온했다. 침대에서 일어날 이유를 좀처럼 찾지 못하는 날들이 이어지고 있었다. 내겐 일상에서 멀리 떠날 때에만 가질 수 있는 마음이 있었다. 환기가 필요했다. 멀리 떠날 것. 그리고 돌아올 것. 힘껏 돌아올 것. 그것은 오래되고 익숙한 리셋의 방식이었다. 나는 때때로 밤을 새워가며 미 서부 해안선을 따라 캘리포니아의 남단까지 달렸다. 요세미티의 거대한 바위로, 옐로스톤의 끓어오르는 가이저로, 글레이셔 국립공원의 호수로 향했다. 그렇게 7천, 8천 킬로미터를 달리다 집으로 돌아오면 지쳤고, 잠들기 좋을 만큼 피로했다. 그리고 또 얼마간 살아졌다.

그랜드캐니언을 비롯해 미 서부의 거대한 캐니언들은 산을 거꾸로 내리꽂은 모양이었다. 붉고 거대한 바위에 이르기 위해 고운 모래사막을 맨발로 걸었다. 세상 어디에도 닮은 데가 없는 독특하고 장엄한 지역이 즐비했다. 그중에서도 앤털로프캐니언은 독보적이었다. 앤털로프캐니언은 아리조나주 나바호 원주민 땅에 위치한 길고 좁은 슬롯캐니언slot canyon이었다. 우리는 미리 예약한 시간에 협곡의 입구로 가서 차를 세웠다. 나바호 원주민이라고 자신을 소개한 가이드는 윤기 나는 검은 머리를 찰랑거리는 앳된 소녀였다. 그녀는 땅에 퍼실러 앉아 모래를 한 줌 쥐고 허공에 날렸다. 우리는 허리를 숙이고 그녀의 설명에 귀를 기울였다. 그녀는 모래를 뿌려가며 동그란 원을 그리더니 그 위로 둥글게 둥글게 모래를 겹겹이 쌓았다. 캐니언이 어떻게 생겨났는지를 설명하는 것이었다. 마시던 생수를 모래 위에 부어 굳히고 손가락과 물로 다시 그 구조물을 뒤흔들었다. 오천만 년 동안 이 땅에서 일어난 퇴적과 풍화를 설명하는 데는 그리 오랜 시간이 걸리지 않았다.

가이드 소녀가 엉덩이의 모래를 털어내며 먼저 앞장을 섰다. 3월이었지만 날씨는 30도를 웃돌았다. 땅이 크레바스처럼 벌어진 틈새를 따라 사람들이 내려갔다. 사람들이 줄지어 땅속으로 사라져버리는 듯했다. 길은 땅속으로 서서히 낮아졌다. 땅 아래로 내려갈수록 하늘은 차츰 작아져 손바닥만해졌다. 거기서 다시 가파른 사다리를 타고 20여 미터를 더 내려갔다. 협곡의 깊이는 땅속으로 37미터였다. 길이는 500미터쯤이었지만 좁은 길을 오르내리느라 실제로는 그보다 훨씬 더 길게 느껴졌다.

사다리를 내려와서야 그 여자를 보았다. 밝은 갈색 트레이닝 복을 아래위로 입은 내 또래의 여인. 그녀는 빛이 적은 땅 아래서도 검은 안경을 쓰고 있었고 몸놀림이 어설펐다. 그녀 옆에는 사람 좋아 보이는 남자와 내 딸 또래의 여자아이가 있었다. 여자는 남편이 이끄는 대로, 딸이 안내하는 대로 천천히 사다리를 하나하나 밟고 내려갔다. 그제야 그녀가 앞을 보지 못한다는 것을 알게 되었다. 먼저 내려온 우리는 아슬아슬하게 그녀를 바라보았다. 여자의 발이 허공을 더듬다가 안전하게 가로대를 밟으면 누군가는 작은 탄성을 냈다. 그녀가 사다리를 내려가는 동안 남편은 그녀의 하얀 지팡이를 들고 중국어로 방향과 상태를 설명했다. 여자의 발이 안전해지면 딸은 아래서 엄마의 다리를 살짝 잡았다가 놓았다. 그렇게 셋은 바닥에 닿았다. 여자의 얼굴은 땀으로 젖었다. 나는 그 광경을 지켜보다가 가이드에게로 얼굴을 돌렸다.

"바위가 이렇게 붉은 것은 모래 속에 철분이 있기 때문이에요. 자, 만져보세요. 모래가 공기보다 차가워요."

가이드는 손으로 협곡 속의 바위를 쓸었다. 나도 나선형의 바위를 쓸어보았다. 가이드의 말처럼 놀랄 만큼 찬기가 돌았다. 파도 모양의 바위에 귀를 대보았다. 물결 소리가 들리는 듯도 했다. 바위는 층층이 색을 달리하며 나이테 같은 속살을 드러냈다. 정지된 파도. 마치 물과 바람이 바위에 새겨둔 기억을 보는 듯했다. 벌어진 바위틈으로 한 줌의 햇살이 쏟아졌다.

"폭우가 내리면 거대한 물줄기가 얼음을 이끌고 이리저리 흘러가며 바위를 뚫어내지요. 비가 한번 오면 어마어마하게 물이 불어나 순식간에 폭포처럼 쏟아져 내려요. 몇 년 전에도 바로 여기서 물에 잠겨 죽은 사람이 있어요."

사막과 폭우. 이율배반적인 두 단어가 입안에서 서걱거렸다. 협곡 속은 도망갈 데 없는 좁은 관 같았다. 가이드가 가리키는 방향으로 눈길을 돌리니 나선형의 바위가 겹겹이 포개진 사이로 날개를 펼친 독수리 모양의 파란 하늘이 열려 있었다. 그녀의 곁에 선 남자는 여자의 손을 끌고 바위에 대어주기도 하고, 자신이 목격한 광경을 작은 소리로 설명해주기도 했다. 남자가 설명하면 여자는 마치 보이는 듯 남자가 말한 방향으로 고개를 돌렸다. 간혹 소리 내어 웃었다. 좁은 협곡 속을 따라 움직이는 내내 여자는 남편의 허리춤을 잡았고 여자의 허리춤을 딸이 잡았다.

투어는 한 시간 반쯤 계속되었다. 앤털로프캐니언의 경치는 생각했던 것보다 더 환상적이었다. 사람들은 끝없이 사진을 찍느라 바빴다. 가이드가 모래를 휘날리며 특수효과를 냈고 전화기의 기종에 따라 모드를 달리하며 몽환적인 사진 찍는 법을 알려주기도 했다. 사람들은 눈앞에서 직접 그것을 보기 위해 온 것이 아니라 그것을 배경으로 사진을 찍기 위해 온 것처럼 집착했다. 그녀의 가족도 돌아가며 사진을 찍었다. 자신이 볼 수 없는 사진을 찍으며 그녀는 무슨 생각을 했을까. 나는 자꾸만 그들에게로 향하는 눈길을 억지로 돌려 내 발아래를 내려다보았다. 바닷가 백사장에나 있을 법한 모래가 발을 기분 좋게 감쌌다. 바위가 협곡 속에서 녹여낸 모래에는 불순물이 없었다. 지나치게 부드러운 것은 그 때문일지도 몰랐다.

협곡이 끝나는 지점에서 사다리를 타고 땅 위로 올라갔다. 이번에는 그녀의 가족이 제일 먼저 출발했다. 딸이 먼저 사다리를 밟았다. 엄마가 딸의 발을 더듬으며 올랐다. 남편은 아내의 상태를 보며 뒤를 받쳤다. 내려올 때는 아래가 보여 무섭고 아찔했지만 올라갈 때는 눈앞만 보니 더 쉬울까. 아무것도 볼 수 없는 그녀에게는 무엇이 보인다는 것은 의미가 없겠다. 그녀가 이 고단한 여행을 통해 안고 가는 것은 무엇일까. 나는 사다리 위에서 그녀처럼 눈을 감았다. 발은 허공에서 헛돌았고 두려움에 몸의 균형은 급히 깨어졌다. 등줄기가 서늘해졌다. 내 오만이 민망해 얼굴이 붉어졌다.

어떤 장면은 본 것이 아니라 겪었다는 느낌이 들 때가 있다. 앤털로프캐니언의 좁고 긴 바윗길이 그랬고, 나바호의 영혼이 살 것 같던 모뉴먼트밸리의 거대한 바위가 그랬고, 아치스 국립 공원의 구멍 난 바위들이 그랬다. 퇴적과 풍화의 순환을 찰나

나마 겪은 것은 내게 의미가 있었다. 나는 그만큼 사소해졌지만 조금 더 강해졌다. 땅 위의 것들이 아무것도 사라지지 않고 단지 모양을 달리해 옮겨갈 뿐이라는 사실은 두고두고 위안이 되었다.

앞을 보지 못하는 그녀의 가족이 서로의 허리를 잡고 줄지어 좁은 협곡을 지나가던 장면은 여행이 끝난 후에도 오래 기억났다. 그 장면은 때론 아프고 때론 따뜻하게 떠올랐지만, 가끔은 의심 없이 서로를 믿고 의지하는 그 가족이 부럽기도 했다. 집을 두고 불편한 잠을 견디며 오직 떠나는 것만이 목적이 되어 오래오래 길을 달리는 나와 그녀의 여행이 별로 다르지 않을 것이라는 생각도 들었다. 그녀가 오래 건강해서 이 여행을 계속할 수 있기를. ⚑

해변에서 만난 글로벌 도둑

내가 살고 있는 캐나다 밴쿠버에서 미국 오리건주의 해안은 500킬로미터쯤 떨어져 있다. 자동차로 여섯 시간이면 갈 수 있다. 거대한 북미 대륙의 크기를 감안한다면 그리 멀지 않은 셈이라 오랜 지병인 역마살도 달랠 겸 자주 찾는다. 그곳에 가면 태평양 바다 위에 온전한 수평선이 있다. 하늘과 바다를 가르는 단 하나의 선은 바라보는 것만으로도 많은 곳에 닿을 수 있다. 부드럽지만 단단한 백사장이 있다. 그 백사장 위에는 하늘에서 뚝 떨어져 내린 듯한 거대한 바위가 있다. 그 바위를 쉼 없이 두드리는 키 큰 파도가 있다.

수평선을 붉게 물들이다 제 모양을 온전히 드러내며 바닷속으로 빠져버리는 해와 해가 사라진 후에 더 붉어진 하늘을 만날 수도 있다. 물이 빠져나간 모래사장의 크고 작은 웅덩이에 고인 반영反影은 비스듬한 빛 때문에 비현실적으로 일렁인다. 날이 흐리면 바다와 하늘의 경계가 불분명해져 마치 파도가 하늘에서 시작된 듯하다. 거칠어진 파도가 끝없이 밀려들어 내 발아래서 하얀 거품을 남기며 순하게 사라지는 것을 오래 들여다본다. 아무리 큰 파도라도 왔던 길을 되돌아가지 않는다. 생성과 소멸을 바라보며 마찰과 해찰을 겪다보면 가슴의 가장 아랫단에 쌓아놓은 박리된 생이 스르륵스르륵 거품으로 녹아난다. 그래서 나는 일 년에도 서너 번 그곳을 찾아간다. 그러는 동안 오리건의 바다는 떠나와 닿을 수 없는 고향 바다를 대신해 마음만 먹으면 만날 수 있는 나의 바다가 되어갔다.

왁자한 크리스마스가 지나고 조용히 연말을 보내자며 오리건 해변 근처의 통나무 오두막을 빌렸다. 하늘에 닿을 듯 쭉쭉 뻗은 더글러스 퍼가 빽빽한 숲속이었다. 밤이면 파도 소리가 들릴 만큼 바다와도 가까웠다. 평소 예약이 어려웠던 곳을 얻어놓고 얼마나 설레었는지. 국경을 지나 두어 시간 달려 시애틀의 한인마트에서 흑돼지 삼겹살과 카스와 참이슬을 샀다. 그것은 오리건 해변에 갈 때마다 늘 해오던 우리의 소박한 리추얼이었다. 남편은 한동안 바닷가 산책을 하고 고기를 구워 소맥을 말아 몇 잔 마시는 것만으로도 반쯤은 고향에 닿은 기분이라고 말했다.

작은 통나무 오두막은 실내에서 화기 사용이 엄격히 금지되어 있었다. 남편은 오두막 앞 포치에서 휴대용 가스버너로 삼겹살을 굽고 나는 오두막 안에서 저녁상을 차렸다. 반찬이래야 김장김치, 고추, 마늘, 오이와 상추쌈이 고작이었지만 구운 고기만 있으면 그럴듯해질 것이었다. 숲속에 오두막이 몇 채 더 있다고 들었지만 숲에 가려 불빛조차 보이지 않았다. 미국 북서부 해안의 여느 겨울 날씨처럼 그날도 보슬비가 촉촉이 내리고 있었다. 숲은 오롯이 우리들의 차지였다. 평온하고 조용하고 행복했다. 남편이 맛보라며 노릇노릇 맛있게 삼겹살을 구워 왔다. 흑돼지 삼겹살은 제주도의 그것과 흡사한 맛이 났다.

"와, 역시! 맛있어. 이걸 왜 캐나다에서는 안 팔까?"

남편은 딸과 나의 호들갑에 흡족한 눈치였다.

"고기 더 구워 올 테니 소맥이나 맛있게 말아둬."

남편이 포치로 나가며 말했다. 잠시 후 남편은 허둥대며 오두막으로 들어왔다. 다급하게 주위를 둘러보는 걸 보니 뭘 잃어버린 모양이었다. 다시 밖으로 나간 남편이 또 들어왔다.

"왜?"

불안해진 내가 물었다.

"없어!"

남편은 냉장고 문까지 열어 고개를 숙여 무언가를 찾았다.

"뭐가 없다고?"

"방금까지 굽던 삼겹살이 없어."

"그게 무슨 말이야? 밖에 있잖아. 그걸 왜 냉장고에서 찾아."

"있어야 할 곳에 없으니 혹시나 해서."

"밖에 있겠지. 거기서 구웠잖아."

나는 포치로 걸어 나가며 대답했다. 하지만 없었다. 고기가!

흑돼지 삼겹살이 감쪽같이 사라졌다. 고기는 서너 점 구워 맛본 게 전부였다. 남편은 한 점도 먹어보지 못했다. 남편이 자리를 비운 시간은 일분도 채 되지 않았다. 누군가 숲에 잠복해 있다가 남편이 자리를 비우길 기다려 가져갔단 말인가? 숲은 적막하고 검었고 축축하게 젖어 있는데. 그게 가능한가? 짐승이라면 이렇게 소리 없이 흔적도 없이 고기를 먹어치울 수는 없을 것이었다. 어떤 파괴의 흔적도 없이, 발자국도 남기지 않고, 한 점 고기도 흘리지 않고. 어떻게 이게 가능할까. 이건 두 다리로 서서 두 팔을 온전히 사용할 수 있는 직립보행자만이 할 수 있는 일이었다.

남편과 나는 고기를 포기하고 풀을 안주로 소맥을 마시며 각자 생각에 골몰했다. 고기가 사라진 자리를 불안이 대신했다. 우리가 알지 못하는 거대한 음모 속에 놓여 있는 걸까. 정말 누군가 우리를 주시하고 있다면! 아이코, 소름이야. 삼겹살이 과연 그럴 만한 가치가 있는 것일까? 그럴 리가 없다. 하지만 삼겹살이 앞으로 일어날 무시무시한 일에 대한 경고라면? 우리는 술에 얼큰하게 취할수록 상상과 분열의 말들을 쏟아냈다. 서로의 허접한 상상력을 비웃으면서 배를 잡고 웃기도 했다. 웃긴 했어도 불안과 불가해의 느낌이 완전히 사라지진 않았다. 고기를 도둑맞은 덕분에 과식은 피하고 과음으로 오두막의 밤은 깊어갔다. 그리고 우리는 아무것도 해결되지 않은 채로 잠자리에 들었다.

밤새 너구리에게 시달리는 꿈을 꾸었다. 너구리는 내 가방을 열고 여권과 현금과 카드를 빼내 유유히 방을 빠져나갔는데, 놀라서 일어나 주위를 둘러보니 남편과 딸은 깊은 잠에 빠져 있었다. 몸을 이리저리 뒤척이다 다시 잠이 들면 너구리는 여전히 내 옆에서 떠나지 않고 있었다. 그렇게 뒤척이다 쓰린 속을 붙잡고 잠에서 깨어났다. 잠이 깨니 또 삼겹살 미스터리가 떠올랐다. 아직도 지난밤의 일이 꿈처럼 믿기지가 않았다. 일의 크기와 상관없이 이해되지 않는 상황은 괴로웠다. 포치로 나가 숙취로 흐릿해진 정신으로 숲을 바라보며 커피를 마셨다. 그러다가 그것을 발견했다. 더글러스 퍼의 밑둥치, 초록의 이끼로 뒤덮인 그곳에 놓여 있는 하얀 스티로폼 접시. 비닐과 가격표까지 그대로였지만 고기는 한 점도 남아 있지 않았다. 마치 새 이웃이 돌린 이사 떡을 먹고 깨끗이 닦아 얌전히 돌려주는 빈 접시처럼 그렇게 놓여 있었다.

그렇다! 직립보행이 가능한 것은 인간만이 아니었다! 밤새 내 꿈에 다녀갔던 그 너구리! 어둠 속에서 눈동자를 빛내며 음전한 몸놀림으로 조용히 다가와 고기를 가져간 것은 너구리였다. 먹이가 귀한 겨울에 뜻밖에 '떠오르는 K푸드' 삼겹살을 만난 너구리 가족은 모처럼 포식했을 것이다. 그래서 꿈에 너구리가 나타났구나. 잠자는 사이 나의 무의식은 이 문제를 이미 풀었구나.

의문이 풀리자 마음이 편안해졌다. 곧 '고기는 도둑맞은 것이 아니라 배고픈 겨울 너구리 가족에게 준 선물'이었다는 정신승리가 뒤따랐다. 집으로 돌아와 SNS에 너구리의 만행에 대한 글을 올렸더니 전 세계에서 활약하는 직립보행 너구리에 관한 증언이 줄줄이 댓글로 달렸다. 아이스박스에 넣어둔 고기를 도둑맞았다는 댓글도 있었다. 먹고 남은 감자탕을 마당에 두었더니 고기는 먹고 국물은 남겼다는 댓글도 있었다. 다음에는 오동통한 너구리 라면을 하나 삶아주라는 웃기지도 않는 댓글도 있었다.

우리는 다음해도 그 다음해도 소주와 맥주와 삼겹살을 사서 오리건 해변의 오두막으로 갔다. 대신 삼겹살이 다 구워질 때까지 자리를 비우지 않았다. 🐟

사랑보다 믿음이라는 말

월드컵 4강 진입으로 온 나라가 뒤집어졌던 2002년은 내게도 참 우여곡절이 많은 해였다. 그해 나는 두 번의 수술을 했고, 이민 후 첫 사업으로 삼 년 동안 죽자사자 매달렸던 식당은 망해 빈손으로 털고 나왔다. 한국의 시어머니는 피를 토하고 쓰러져 앰뷸런스에 실려 통영에서 서울 삼성병원으로 옮겨졌다. 통장 잔고는 바닥이어서 당장의 비행깃값도 걱정이었고 아이들은 고작 여덟 살, 세 살이었다. 아무것도 해결하지 못한 채 내게 쏟아져 내리는 토사물을 무기력하게 그대로 맞는 기분이었다. 시어머니는 나날이 위독해졌다. 한국에 있는 가족들로부터 마지막일지도 모른다는 말이 조심스럽게 나왔다. 남편은 급한 일들을 뒤로하고 혼자 한국으로 나가기로 했다.

어둡고 슬픈 일만 있던 것은 아니었다. 그 와중에도 월드컵의 한국 경기를 하나도 놓치지 않고 다 볼 수 있었고, 처음으로 인터넷을 이용하기 시작했다. 그해 6월, 나는 뜻밖의 손님을 맞이했다. 서울에서 캐나다로 배낭여행을 온 언니 친구의 아들 단이 언니가 딸려 보낸 아이들 옷 몇 벌을 전해주러 우리집에 왔다. 그는 발톱이 빠지도록 집부일을 해서 여행 경비를 마련했다고 했다. 밝고 총명한 청년이어서 바라만 봐도 흐뭇했다. 우리는 한국 음식을 만들어 둘러앉아 함께 먹으며, 반짝이는 눈으로 단이 전해주는 변화된 한국의 소식을 들었다. 그 시절에는 생생한 고국의 소식이 귀했다. 저녁 식사 자리가 끝날 즈음 나는 단에게 말했다.

"어렵게 번 돈 먹고 자는 데 쓰는 게 아까우니 그냥 우리집에서 지내며 여행하면 어떨까? 우리도 같이 지내면 좋고."

나의 제안에 단도 고마워하며 그러겠다고 말했다.

단과 홈스테이로 데리고 있던 두 학생 그리고 우리 부부는 세 가구(두 가구는 인도인 가족)가 함께 사는 셋집에서 매 경기마다 극적인 드라마를 쓰던 축구를 함께 보았다. 하필 경기는 거의 새벽이었고, 우리는 빨간 티셔츠를 챙겨 입고 터져나오는 함성이 새지 않게 서로의 입을 틀어막으며 응원했다. 그렇게 한 달여를 함께 지내던 단이 뭐라도 갚아야겠다며 컴퓨터를 가르쳐주겠다고 제안했다. 우리는 대형마트 전자제품 코너에서 제일 값이 싼 데스크톱을 샀다.

그 컴퓨터가 처음은 아니었다. 이민 오기 전 인터넷도 없던 통신 시절에 야심 차게 컴퓨터를 산 적이 있지만, 통영에서는 컴퓨터로 뭘 해볼 수 있는 여건이 안 되었다. 무려 시외 통화로 통신에 연결해야 하는 시절이었고, 어마어마한 요금을 지불한다 해도 연결이 쉽지 않았다. 이민을 올 때도 뭔가 해보겠다며 낙원상가에서 거금 2백만 원을 주고 노트북을 사 왔다. 그러나 단 한 번도 시원하게 뭐가 되지 않는 애물단지였다. 그렇게 우리는 컴퓨터와 아주 멀어졌고 그사이 밀레니엄이 지났다.

몇 년 만에 도대체 무슨 일이 일어난 것인지, 단이 보여준 인터넷 세상은 신세계였다.

"드디어 나도 컴퓨터로 메일을 보낼 수 있다는 거지."

나는 신이 나서 떠들었다. 컴퓨터로 메일을 보내는 정도가 내가 할 수 있는 상상의 전부였다. 단은 이메일 계정을 만들어주고, 뉴스 보는 법과 카페에 가입하는 법, 고스톱 치는 법을 가르쳐주었다. 현실에서는 10달러도 아쉬웠지만 온라인에서는 하루아침에 수억을 잃기도 하고 따기도 하면서 밤새 고스톱을 쳤고, 문학 카페에서 남들의 글을 읽느라 시간 가는 줄을 몰랐다. 세상과 내가 하루아침에 이웃이 된 듯했다. 한국이 손에 잡힐 듯 가깝게 느껴졌다. 아, 인터넷이 없었다면 나는 어떻게 되었을까. 글을 쓰고 소설을 응모하는 일이 일어났을까. 그 신기한 컴퓨터는 이후의 내 삶을 완전히 바꾸어놓았다.

7월이 왔다. 단은 한국으로 돌아갔고 축제 같던 월드컵은 끝났다. 나는 두번째 수술을 했고 아이들의 여름방학이 시작되었다. 망한 가게에서 손을 털고 나왔으므로 남편은 졸지에 백수가 되었다. 나는 두 아이를 키우며 유학생들에게 수학을 가르치거나 하숙생들의 밥을 해주며 생활비를 벌었다. 유난히 한국이나 유럽으로 여행을 가는 친구들이 많아 그해 여름에는 공항 라이드를 열 번도 넘게 했다. 나는 친구들이 밴쿠버의 집을 비우고 한국으로 가면 빈집 앞의 신문을 치우거나, 배터리가 나가지 않게 오래 세워둔 차에 시동을 걸어두거나, 친구네 꽃밭에 물을 주는 일을 도맡았다. 그런 일들은 별로 수고로울 것도 없었다. 다만 친구들이 떠난 빈집은 내 그리움을 자극했다. 나도 한국에 가고 싶어 눈물이 날 지경이었다.

시어머니가 쓰러졌다는 소식을 듣고 남편이 며칠을 울다 한국으로 떠났다. 밴쿠버에는 나와 두 아이만 남았다. 친구는 단한 명도 남지 않았다. 나는 우주에 혼자 남은 것처럼 두렵고 외로웠다. 수술한 상처가 밤마다 욱신거렸다. 세 살 난 딸을 여덟살 된 아들에게 맡기고 한쪽 방에서 유학생들을 가르쳤다. 어린 딸은 수시로 울었고 아들은 배가 고프다며 노크를 했다. 한국의 시어머니는 연거푸 응급수술을 받았고, 남편은 중환자실 앞 복도 소파에서 밤을 보냈다.

　나는 이 모든 상황을 이해했다. 이해한다고 해서 우리를 두고 떠나버린 남편이 원망스럽지 않은 건 아니었다. 원망할 수 없다는 것을 안다고 해서 외로움과 두려움이 사라지는 것도 아니었다. 남편은 시어머니의 상태가 안정되면 돌아오겠다고 했다. 한국에는 남편의 형도 있고 누나도 있었지만 남편은 삼성병원 복도에서 한 달이 넘게 쪽잠을 자며 시어머니 곁을 지켰다. 그동안 떨어져 지낸 것이 죄스럽고, 다른 형제들에게 모두 맡긴 게 미안하고, 이게 마지막이 될지 모른다고 생각하니 최선을 다하고 싶었을 것이다. 그 모든 것을 다 알면서도, 시간이 갈수록 나와 아이들이 버림받았다는 생각이 병적으로 짙어졌다. 급기야 가족에게 너무 무책임한 것 아니냐며 서운함이 가득 담긴 극단적인 이메일을 보냈다. 내가 일하지 않으면 당장 다음달에 셋집에서 쫓겨나야 하는 상황이라는 것을 아느냐고도 썼다. 아이들을 데리고 남의 집에 과외 수업을 하러 다닐 때는 동냥을 다니는 심정이라고도 썼다.

　답을 바라서가 아니라 그렇게 투덜대기라도 해야 마음이 풀릴 것 같아 그랬다. 하지만 곧 후회했다. 아무래도 내가 너무 심했다며, 그건 당신 탓이 아니라 세월 탓이라는 말을 해줘야 할 것 같아 다음날 눈을 뜨자마자 메일을 열었다. 메일을 쓰기 전에 지난밤에 온 남편의 답신을 먼저 열었다. 요약하자면 이런 내용이었다.

> 여보, 우리가 함께 산 지가 올해로 십 년이 되었어요. 그
> 동안 많은 일을 함께 겪어왔지요. 십 년 동안 우리의 사
> 랑은 많이 희미해졌을 테지만 사랑의 빈 공간은 서로에
> 대한 믿음으로 채워져 있다고 생각해요. 부부에게는 믿음
> 과 신뢰만큼 중요한 것도 없을 테지요…….

메일을 읽고 나는 폭발했다. 분노 게이지가 급상승했다. 배신
감에 몸이 부르르 떨렸다. 나는 분노가 식기 전에 신들린 듯 답
장을 써내려갔다.

> 사랑 대신 믿음이라고? 내가 당신 비즈니스 파트너야 뭐
> 야? 사랑이 희미해졌다면 왜 함께 살아야 해? 들어오자
> 마자 이혼 서류 준비하시길!!!

과격한 내 메일을 받고 남편이 놀랐는지 전화를 걸었다. 공
중전화에서 동전이 뚝뚝 떨어지는 소리가 들렸다.

—여보, 정말 미안해. 그 편지 읽어봐서 알겠지만 내가 어떻
게 그런 생각을 했겠어. 어제 자기 메일 받고 뭐라 답할지 막막
했는데, 마침 옆에 ○○일보 사설이 있길래…… 그걸 과도하게

참고했어. 나도 쓰면서 이게 아닌데 싶었지 뭐야.

다행히 시어머니는 회복되어 고향으로 돌아갔고 남편은 가을이 되어서야 무사히 캐나다로 돌아왔다. 그리고 지금은 그로부터 꼬박 이십 년이 더 지났다. 이제는 그렇게 사랑에 집착하지 않지만, 여전히 믿음이 사랑을 대신할 수 있는지는 의문이다. 믿는다고 다 사랑하는 것은 아니지만 사랑하면 믿게 되는 건 맞다. 물론 살다보니 발등을 찍는 건 대부분 사랑이기도 하지만. 🐟

쑥

아홉 살, 나는 생애 최초의 아홉수를 격렬하게 겪고 있었다. 양력설이 지나자마자 아버지가 돌아가셨고, 다니던 학교에서 멀리 떨어진 집으로 이사했다. 혼자 먼 길을 걸어 학교에 가야 했다. 게다가 나는 나른한 봄날의 오후반 학생이었다.

겨우내 잘 얼지 않는 통영이지만 3월의 바닷바람은 매섭고 날카로웠다. 학교는 구름다리 건너편에 있었다. 다리 아래는 이순신 장군이 험한 물살을 이용해 왜구를 몰살시켰다는 판데목이었다. 내려다보고 있으면 시퍼런 바닷물이 회오리를 일으켰다. 나는 학교에 가다가도 돌돌 말려 몰아치는 바다를 하염없이 바라보느라 시간을 보냈다. 그런 날이면 늘 학교에 지각했다. 난간의 구멍 사이로 몸을 빼내서 다리의 바깥으로 난간을 잡고 걷는 것도 좋아했다. 짧은 단발머리가 바람에 맘대로 휘날리며 눈을 가렸다. 꼬마의 몸도 반쯤 날았을 것이다. 난간을 잡고 있는 손을 놓치면 바로 바다로 떨어질 판이었다. 어째서 꼬마는 그토록 무섭고 짜릿한 느낌을 좋아했던 것일까. 그렇게 어른이 된 나는 왜 회전목마도 무서워 못 타는 겁쟁이가 되어 버린 것일까.

아홉 살의 어느 날이었다. 혼자 쫄래쫄래 학교에 가다가 구름다리에 닿기도 전에 한 무더기의 쑥을 발견했다. 나지막한 언덕 위 누렇게 메마른 풀 사이에 쑥이 푸릇푸릇 돋아나고 있었다. 학교에 가는 중이었지만 그 사실은 쉽게 잊었다. 나는 쑥에 사로잡혀 땅바닥에 퍼질러 앉았다. 교과서도 책받침도 들판 어딘가에 던져버리고 쑥을 뜯어 가방 속을 알뜰히 채웠다. 며칠을 그랬다. 엄마는 장사를 하느라 우리와 함께 살지 않았다. 아이들끼리 사는 그 집으로 선생님이 찾아오셨다. 그제야 형제 중 누군가가 마른 잔디와 흙과 쑥으로 가득한 내 가방을 발견했다. 가방을 거꾸로 툭툭 털어냈다. 쑥은 시커멓게 쪼그라들었고 누런 잔디는 그새 더 많아졌다. 나는 오빠에게 종아리를 맞았다.

그 학년 내내 내겐 교과서가 없었다. 담임선생님은 교과서는 없지만 영리한 아이를 알아봐주었다. 선생님은 종종 내게 특별한 상을 주듯 심부름을 시켰다. 구름다리 건너 선생님 집에 가서 빠뜨리고 온 안경을 가지고 오라는 심부름이었다. 나는 그

심부름을 좋아했다. 아이들은 모두 학교에 있는 시간에 혼자 교문을 빠져나오던 그 나른하고 자유로운 느낌을 즐겼다.

나는 되도록 아주 천천히 걸어 구름다리를 건넜다. 걷다보면 어디로 가는지를 잊었다. 가끔은 선생님 집을 지나 더 멀리 떨어진 엄마의 일터까지 가버렸다. 엄마에게 쫓겨 다시 학교로 돌아갈 때는 안경을 가지고 가기도 했고 그마저도 잊고 빈 몸일 때도 있었다. 심지어 그사이에 학교가 끝나버리기도 했다. 그때 나는 구름다리를 지나며, 쑥을 캐며 생에 처음으로 무언가 깊숙이 사고하기 시작했던 것 같다. 어쩌면 슬픔을 배웠던 시간 같기도 하고.

"아가, 쑥이 나온다. 곧 울 애기 생일이 오겠다."

시어머니는 평생 남편을 '울 애기'라고 불렀다. 시어머니가 돌아가시자 이젠 쑥이 나올 철이 되면 남편은 스스로 그 이야기를 한다. '쑥을 보면서 아들을 떠올리던 그 어머니'를 떠올리는 것이다. 그러면 나는 또 내 아홉 살 적 쑥이 떠오른다. 봄에 한인마트에 쑥이 나오면 그냥 지나칠 수 없는 이유가 거기에 있다.

올해도 3월이 되니 한인마트에 쑥이 나왔다. 한국에서 온 것이 아니라 여기서 누군가 씨를 뿌려 재배한 것이었다. 들판의 향기도 봄의 기운도 별로 느껴지지 않지만, 그래도 한 팩 산다. 국을 끓이기도 하고 떡을 만들기도 한다. 올해는 쑥버무리를 만들어볼 요량이다. 사실 몇 년에 한 번쯤 쑥버무리를 만들어보지만 한 번도 기억 속의 맛을 만나지 못했다. 계통을 알 수 없는 불온한 맛. 그걸 알면서도 내가 더 애쓰면 다른 결과가 있을지도 모른다고 살짝 희망을 품는다.

대야를 꺼내고 쑥을 털어 넣는다. 차가운 물로 채운다. 물속에서 손으로 살살 흔들어 만져보니 쑥이라기보다는 쑥갓에 가깝다. 손에 닿는 느낌이 거칠다. 들판의 보드랍고 연한 쑥과는 비슷하지도 않다. (엊그제 고춧잎을 샀더니 새끼 피망이 잔뜩 섞여 있었다. 이곳에서 만나는 한국 야채는 이렇듯 어중간하다.) 잎과 줄기를 하나하나 분리해 거친 줄기는 없앤다. 그것밖에 할 수 있는 게 없는 사람처럼 쑥에 온 정성을 쏟는다. 쌀가루를 섞고 설탕, 소금도 넣고 물기 있는 쑥에 가루를 입힌다. 찜기에 천을 깔고 보슬보슬 앉힌다. 김이 오르고부터는 기도하는 마음이 되어 불 옆에서 서성인다. 이십분. 크고 둥글고 흰 접시를 꺼내 예쁘게 담는다. 모양이 제법 그럴듯하다.

한입 베어 문다. 맛이라곤. 없다. 쓰고 억세다. 진짜 쑥버무리의 맛이 아직도 이렇듯 생생한데 도대체 뭐가 잘못된 것일까. 쑥을 씻고, 다듬고, 버무리고, 찌며 쏟은 정성이 억울해서 쑥버무리를 씹고 또 씹는다. 다시는 사지 말아야지 다짐하지만 내년에 쑥이 나올 즈음이면 이 결심은 잊힐 것이다. 아지랑이 피어오르는 봄이 오면 남편은 또 시어머니의 쑥 이야기를 할 것이고, 그러면 나는 질세라 나의 아홉 살을 이야기할 것이다. 그즈음이면 누군가 씨를 뿌려 거둔 쑥이 한인마트에 나와 있을 것이고, 나는 또 이번엔 다를지도 몰라, 하며 쑥을 카트에 담겠지.

거친 쑥버무리를 억지로 몇 점 먹다 결국 쓰레기통에 쏟아부었다. 근데 기분이 그리 나쁘지 않다. 이상하게 원이 풀린 듯도 하고 분이 풀린 듯도 하다. 내게 필요한 것은 맛있는 쑥버무리가 아니라 어쩜 이런 일련의 시간일지도 모르겠다는 생각을 한다. 그러므로 캐나다 밴쿠버까지 건너와 싹을 틔운 쑥은 맛이 어떻든 간에 이미 제 할일을 다 한 건지도. ✒

낚시 라이센스

시아버지는 제사가 다가오면 낚싯대를 챙겨서 바다로 나갔다. 어부는 아니었지만 낚시에 일가견이 있는 분이셨다. 제사를 앞둔 시아버지가 목표로 하는 생선은 단 하나, 감성돔이었다. 감성돔은 통영 사람들의 제사상에 자존심이자 자부심이었으므로 없어서는 안 될 생선이었다. 그렇게 바다로 나간 시아버지는 꼭 제사에 쓸 만한 감성돔을 낚아 오셨다. 아니, 낚을 때까지 집에 돌아오지 않으셨다.

제사가 아니라도 시아버지는 수시로 낚시를 다니셨다. 처음 시댁에 인사를 하러 갔을 때, 커다란 감성돔을 들고 활짝 웃고 계신 시아버지의 사진이 거실에 걸려 있었다. 비늘이 먹물로 선명하게 찍힌 커다란 물고기 탁본도 있었다. 시아버지는 낚시 대회에서 금붙이를 상으로 받아 오시기도 했다. 시아버지는 섬에서 나서 항구에서 자랐다. 평생 바다를 보았고 바다를 연구했다. 어부는 아니었지만 하시는 일마다 바다와 연관되지 않은 것이 없었다.

시댁의 가족 오락은 낚시였다. 명절 때는 물론이고, 우럭 철이나 농어 철에는 자식과 손자들까지 모두 모여 배를 대절해서 낚시를 다니곤 했다. 시아버지는 금방 낚아 온 펄떡이는 고등어를 손질해서 회를 떠주시기도 했다. 고등어 낚시는 가짜 미끼를 썼는데 낚싯대 하나에 고등어가 열 마리쯤 줄줄이 걸려 올라왔다. 나는 그게 너무 신기해서 펄쩍펄쩍 뛰었다. 시아버지는 그런 나를 흐뭇하게 바라보셨다. 온 가족이 고등어 낚시를 다녀온 며칠 후에 시아버지는 심근경색으로 갑자기 돌아가셨다. 그 때문에 슬슬 찬 바람이 불어오는 10월, 시아버지 기일이 되면 고등어회의 기억도 자동으로 딸려 나왔다.

시댁 식구들도 모두 낚시를 좋아했다. 통영에서 두어 시간 떨어진 내륙에서 병원을 운영하는 아주버님은 일을 마치면 차를 몰고 통영 바다로 와 혼자 밤낚시를 즐겼다. 시누이의 남편은 서울 사람인데 대기업 건설회사를 다니다가 때려치우고 통영에 조그만 사업체를 차렸다. 통영 바다에서 낚시를 하며 살고 싶다는 게 이유였다. 남편도 낚시를 좋아했다. 우리 부부는 한 살도 안 된 아들을 유모차에 태워 재워놓고 방파제에서 밤낚시를 하곤 했다. 아들은 두 살이 되었을 때 손바닥만한 감성돔을 낚기 시작했다. 아직 지렁이를 손수 묶지는 못하지만 나도 낚시 손맛을 좀 안다고 할 수 있다.

일자리도 많고 기회는 더 많다는 캐나다 최대도시 토론토를 두고 서부 해안의 밴쿠버로 이민을 결정한 이유는 순전히 바다 때문이었다. 바다는 그만큼 우리 부부에게는 중요한 생의 조건이었다. 이곳으로 이사를 온 후, 매년 4월 1일이 되면 남편은 월마트에 가서 낚시 라이센스를 샀다. 통영과 밴쿠버는 물길이 다르고, 어종도 다르고, 장비도 다르고, 미끼도 달랐지만 무엇보다 법이 매우 달랐다. 이곳에서 낚시를 하기 위해서는 낚시 라이센스가 있어야 했다. 라이센스는 민물, 바닷물, 어패류, 연어 등등으로 종류가 나뉘어 있어 다 구비하려면 제법 돈이 들었다. 그래도 이민 초창기에는 종종 낚시를 다녔다.

이민 온 지 몇 달이 안 돼 나는 둘째를 임신했고, 남편은 오랫동안 제대로 된 일자리를 구하지 못했다. 잔디를 깎고, 막노동을 하고, 슈퍼마켓에서 파트타임 캐셔를 했지만 월세도 낼 수 없는 푼돈이었다. 아르바이트를 마치면 밤에는 학교에 다니며 영어를 배웠다. 앞날은 참으로 깜깜했다. 그 와중에도 잠을 줄이며 틈을 내서 바다에 낚싯대를 던져보곤 했다. 한 마리도 잡지 못하는 날이 많았다. 이곳은 집 앞 아무 바다에 낚시를 던지면 하다못해 새끼 복어라도 낚이는 통영이 아니었다. 바뀐 타깃을 위해서는 새로운 장비가 필요했고 그것들은 두말할 것도 없이 돈 문제였다. 열정으로 할 수 있는 건 거기까지였다. 돈은 없었고 시간은 부족했다. 무엇보다 취미생활을 즐길 만큼 마음이 여유롭지 못했다. 낚시를 가는 횟수는 차츰차츰 줄어들었다.

그래도 남편은 변함없이 매년 4월 1일이 되면 낚시 라이센스를 샀다. 언제 사더라도 4월 1일이면 리셋되는 시스템이라 그날 사면 꽉 찬 일 년을 쓸 수 있었다. 꽉 찬 일 년을 누려보겠다고 날짜를 맞춰서 샀지만 한 해에 한두 번 가는 게 전부일 때도 있었다. 그러다가 한 번도 못 가는 해도 생겼다. 그 돈으로 생선이나 사 먹지. 십만 원이 넘는 라이센스가 아까워 그 생각이 절로 들었다. 하지만 나는 낚시를 더 자주 가라는 말도 라이센스를 사지 말라는 말도 하지 못했다.

"올해는 낚시를 좀 다닐 수 있을 거야."

남편은 라이센스를 새로 살 때마다 다짐인지 기도인지 매번 같은 소리를 했다. 그러다가 최근 십 년 사이에는 낚시를 한 번도 가지 않았다.

엊그제 남편은 밴쿠버 인근 낚시터를 소개하는 유튜브 동영상을 메모까지 해가며 열심히 보고 있었다.

"올해도 낚시 라이센스 샀어?"

나는 놀라 물었다.

"아니, 안 산 지 몇 년 됐지."

남편이 대답했다. 그 소리를 듣자 이상하게 내 마음이 서운해졌다. 일상의 은신처로, 무용의 상징으로, 유일한 사치로 존재하던 그것이 이젠 필요 없어진 건가. 별을 향해 쏘아올린 화살처럼 닿거나 닿지 못하는 것이 중요한 게 아니라 쏘았다는 사실이 더 중요했던 시간은 어느새 모두 지나버린 건가. 이젠 낚시쯤은 언제라도 갈 수 있으므로, 소망이기도 하고 좌표이기도 하고 어떤 희망이기도 했던 그것의 역할은 없어졌나. 돌보지 않은 욕망이라 어느새 말라비틀어져버린 건가. 구부정한 어깨로 돋보기를 끼고 메모하는 그의 등을 보며 나는 꼭 우리의 생이 평온이 깃든 시든 풀밭 같아서 조금 허전해졌다.

"행복해?"

나는 문득 물었다.

"당연히 행복하지."

남편은 대답했다. 그런데 지금이 행복하다고, 현재의 삶에 매우 만족한다고 말하는 남편은 왜 매주 복권을 사는 걸까. 복권에 당첨되면 요트를 사서 청새치를 낚으러 가려는 걸까. 이제 작은 물고기는 시시해졌을까.

왠지 나는 그의 등을 떠밀어 바다로 내보내고 싶어졌다. 🐟

중정의 고양이

처음 그곳에 들었을 때는 겨울의 막바지였다. 연일 비가 내렸고, 뜰에는 가을에 떨어져 내린 잎들이 젖어 썩고 있었다. 이름을 알 수 없는 몇 그루의 나무가 앙상한 가지를 드러내고 있어 쓸쓸함을 더했다. 몇 주가 지나자 죽은 듯 헐벗었던 나무에 연한 새잎이 돋아났다. 형체는 없으나 느낄 수는 있는 신록의 봄기운이 작은 뜰에 가득했고, 방바닥에 누우면 건물 위로 손바닥만한 하늘이 파란 액자처럼 걸려 있었다.

한국에서 열 달을 살아보기로 하고 신촌에 얻은 오피스텔은 6차선 대로변에 있었다. 오피스텔은 호텔식으로 복도를 사이에 두고 방들이 마주 보고 있었는데, 남향을 고집해서 얻은 내 방은 다행히 길 쪽이 아니라 안쪽이어서 큰 창 가득 작은 뜰이 보였다. 건물에 둘러싸인 스무 평 남짓의 중정 같은 그곳은 사방이 철조망으로 막혀 있어 어떻게 거기에 닿을 수 있는지 도무지 알 수 없는 섬 같았다. 그래도 경사가 가팔라 중정의 나무들은 내가 사는 방에서 손에 잡힐 듯 가까웠다.

하루종일 창밖을 보고 있어도 지나가는 이 하나 없던, 절간 같던 밴쿠버 근교의 집에서 도심 한복판으로 옮겨온 것이다. 종일 차 소리와 사람 소리가 들렸다. 가까운 곳에 대형 대학병원이 있어 앰뷸런스가 경보음을 내며 달렸다. 들을 때마다 얼마간 심장이 요동쳤다. 비가 오는 날이면 고인 빗물이 바퀴에 부딪히는 소리가 났다. 술 취한 이웃의 험한 욕설이 지나치게 또렷했다. 누군가 가래침을 뱉는 소리. 택배 상자가 복도에 떨어지는 소리. 현관문이 열리고 배달시킨 음식을 주고받는 소리. 내겐 모조리 낯선 소리들이었다. 평생 쓸 일이 없던 마스크를 온종일 쓴 채 버스를 타고 지하철을 타고 외출에서 돌아오면, 한동안 그 뜰을 보며 긴 숨을 내쉬었다.

4월이 되자 정체를 알 수 없던 검은 나무에서 벚꽃이 피기 시작했다. 세상에, 그 헐벗은 나무가 벚나무였나? 가파른 비탈의 작은 뜰에 연분홍으로 핀 벚나무는 5층의 내 방과 거의 같은 높이여서 꽃 무더기가 창을 빼곡하게 채웠다. 그것은 생각지도 못한 선물이었다. 나는 손톱만한 봉오리가 완연한 꽃이 되고 곧 분분히 떨어져 내리는 모습을 빠짐없이 지켜보았다. 코로나19가 더 심해지고 그나마 간혹 나가던 외출도 여의치 않게

4부 돌아오기 위해 떠나는 길

되었다. 교환학생으로 한국에 온 아이는 대면수업을 단 한 번도 못 받고 온라인 강의만 듣고 있었다. 나는 창가에서 읽거나 쓰면서 시간을 보냈는데, 생각의 갈래 속에서 숨이 막혀올 때마다 시선은 자연스레 그곳에 가닿았다. 그곳은 그 시절의 내겐 숨구멍이었다. 거실 한쪽 면을 모두 차지한 창이 마침 그곳으로 열려 있어 얼마나 고마웠던지.

고양이를 봤다. 내게 무슨 지독한 상처가 있었을까. 나는 살아 움직이는 모든 것에 두려움을 가지고 있었다. 생전 애완동물을 키워본 적이 없었다. 길에서 강아지와 마주쳐도 슬그머니 고개를 돌리고 도망가기 바빴다. 그러니 고양이를 좋아서 본건 아니었다. 벚꽃이 흩날리는 따스한 봄날이었고 하필 나무 아래에 고양이가 웅크리고 있으니 피할 수 없었다. 뭔가로부터 숨어든 것처럼 나무 아래서 꼼짝 않고 있는 고양이를 가리키며 "저것 봐, 고양이 식빵이야" 하고 딸에게 말했다. 고양이는 정말 빵 덩어리 같았다. 조금 시간이 지나자 고양이는 바람 빠진 헬륨 풍선처럼 무방비하게 널브러졌다. 고양이는 그 상태로 한 시간 넘게 움직이지 않았다. 죽은 건가. 덜컥 무서워졌다. 굶어 죽은 건가. 잠이 든 건가. 고양이가 저렇게 세상 모르고 자는 동물인가. 아직 해가 중천인데 저리 오래 잔다고? 아니, 진짜 죽었나? 머릿속이 복잡해졌다. 창으로 죽은 고양이가 고스란히 해체되는 걸 봐야 하는 건가. 동물의 먹이가 되어 살이 뜯기는 걸 볼 수도 있다고 생각하니 속이 울렁거렸다. 불러볼까?

"야옹아!"

나는 어울리지 않게 고양이 소리를 냈다. 고양이는 움직이지 않았다. 뭐라도 근처에 던져볼까? 아, 신경쓰여. 나는 고양이를 봐버린 걸 후회하며 커튼을 거칠게 쳤다. 커튼이 쳐진 아홉 평 집안을 빙빙 돌았다. 내 머릿속에서는 이미 고양이의 주검이 구체적으로 해체되고 분해되고 있었다. 커튼을 걷으면 금방이라도 그 끔찍한 장면을 목격하게 될 것 같았다. 부스럭 소리가 나면 새가 쪼아 먹는 광경이 그려졌고, 개 짖는 소리가 나면 개가 뜯어 먹는 현장이 떠올랐다. 열어볼까 싶은 마음과 절대 보고 싶지 않다는 마음 사이에서 이러지도 저러지도 못하고 시간이 흘렀다. 해가 기울고, 깜깜한 밤이 왔다. 나는 여전히 커튼을 치고 있었다. 밤새도록 커튼 속에서 단단히 갇혀 있었다. 그러는 사이 고양이의 죽음은 기정사실이 되었다. 나 말고는 아무도 그것을 보지 못했을 텐데. 관리실에 알릴까. 고양이 사체를 치워 달라고 구급대를 불러도 될까. 아무래도 그건 너무 오버지.

그렇게 하룻밤을 꼬박 흘려보낸 후에야 나는 조심스레 커튼을 걷었다. 내 앞에 벌어질 끔찍한 일보다 더 끔찍한 상상에 지레 죽을 것 같아 용기를 냈다. 상처의 크기를 알지 못하고 싸맨

붕대를 푸는 느낌이 이럴까. 나무 아래 죽어 있는 고양이를 보지 않으려고 실눈을 뜨고 시선을 분산시켜보지만 내 눈은 어느새 나무 아래로 향했다.

고양이는 없었다. 고양이가 누웠던 자리는 깔끔했다. 원래 누운 적이 없던 것도 같았다. 사투의 흔적도 해체의 흔적도 어떤 흔적도 없는 걸 보니 고양이는 봄바람 맞으며 흩날리는 꽃잎 속에서 깊게 한숨 자고 떠난 모양이었다. 고양이가 누워 있던 자리 위로 새로운 벚꽃 잎이 흩날리고 있었다. 나는 그제야 사로잡히지 않으려고 버둥댔던 내 마음을 바라보며 헛웃음을 지었다. 사로잡히지 않으려고 커튼을 치고 더 본격적으로 사로잡힌 그 마음이 뜰에 싱겁게 맴돌았다. 마주 보면 별거 아닌 많은 것들도 함께 떠올랐다. 🐟

모든 것은 때가 있다

걱정이 취미이고 불안이 특기인 내가 임신했을 때는 걱정과 불안이 하늘까지 닿더랬다. 말로 표현할 수 있는 걱정뿐 아니라, 방정맞아 말로 꺼낼 수도 없는 불안들까지. 창의적이고 다양한 걱정 중에는 만약에 내가 마취가 필요한 수술을 하게 된다면, 이런 것도 있었다. 급성 맹장염 같은 것을 앓는다면 배 속의 아이는 어떻게 되는 거지? 상상이 거기까지 닿으면 미리 두려워하고 슬퍼하다가, 마취가 아이에게 무리가 될 테니 나는 맹장이 터져도 참을 거야, 비장한 다짐에 닿기도 했다.

첫 아이가 유산된 것도 불안에 기름을 끼얹었다. 임신 사실을 알게 된 후에는 굳이 한 시간 반이나 떨어진 도시의 큰 병원으로 진료를 받으러 다니며 호들갑을 떨었다. 팔 개월쯤 되었을 때 담당 의사로부터 전치태반 진단을 받았다. 의사는 이런 상태로는 자연분만이 위험하다며 제왕절개를 권했다. 가뜩이나 온갖 상상으로 불안 지수가 높은데다 의사가 위험하다고 하니 다른 엄두는 못 내고 수술을 결정했다.

나보다 일 년 먼저 출산한 친구가 출산 전에 몸보신을 시켜주겠노라며 근사한 저녁을 사주었다. 친구는 출산 선배로서 이런저런 경험담을 들려주며 나를 안심시켰다. 그러다 뜻밖의 권유를 하는 것이었다. 자신은 청주 어디 병원에서 수술을 했는데 오만 원을 더 내면 배를 연 김에 맹장을 떼어내주겠다고 병원에서 말했다는 것이다. 그래서 일석이조의 심정으로다가 제왕절개수술과 맹장수술을 함께 하게 되었다며, 나도 하라고 강력하게 권했다. 그렇잖아도 그런 상상을 해본 적이 있었기 때문에, 둘째를 임신하게 될 때를 대비해서 미리 맹장을 떼어내면 좋을 것 같았다. 어차피 맹장은 불필요한 것이라는 게 그 시절의 상식이기도 했으니까.

나는 무식한데다 용감해서는 의사에게 아이를 꺼낼 때 맹장도 떼어내고 싶다고 당당하게 말했다. 의사는 아무런 동요도 없이 무덤덤하게 그러세요, 했다. 비용은 십만 원입니다, 라는 말도 덧붙였다. 모든 것이 어처구니없이 순조로웠고 나는 졸지에 친구 따라 맹장을 떼게 되었다. 불안이 영혼을, 아니 맹장을 잠식한 좋은 예라 하겠다.

이민 와서 둘째를 낳았다. 첫째는 수술했지만 둘째는 자연분만을 했다. 시도도 해보지 않고 위험할지 모른다는 의사의 말만 믿고 얼렁뚱땅 제왕절개수술을 한 것과 불안하다는 이유만으로 멀쩡한 맹장까지 떼어낸 게 마치 그 시절의 허약한 정신을 증명하는 것 같아 속상했다. 둘째는 위험을 감수하더라도 자연분만을 해보고 싶었다. 내 말을 듣고 의사가 그러자고, 그럴 수 있다고 용기를 주었다. 예정일 한 달 전에 양수가 터졌고 24시간 동안 산고를 겪긴 했지만 무사히 자연분만을 했다.

그 아이가 백일을 겨우 넘겼을 때 나는 전 재산을 탈탈 털어 식당을 열었고, 아이가 걸음마를 떼고 엄마, 라고 부르기 시작할 즈음에는 이미 회복이 불가능할 정도로 식당은 망해갔다. 속았구나. 속아서 이런 가게를 샀구나. 내게 이 가게를 소개하고 좋은 물건이라 설득한 사람들이 원망스러웠다. 그렇다 해도 책임은 결국 나의 것이란 걸 알았다. 달콤한 말로 나를 설득한 이들보다 내 무지의 탓이 컸다. 카운터에서 멍하니 손님을 기다리다 부글부글 끓어오르는 슬픔과 짜증과 분노를 참지 못하고 부엌 한쪽에 쪼그리고 앉아 훌쩍훌쩍 울기도 많이 했다. 이 년 반 만에 영혼까지 털리고 터무니없는 가격에 가게를 넘기고 나왔다. 좋은 삶을 살고 싶다는, 이민 올 때 가졌던 원대한 꿈은 사라져버렸고 오로지 살아남아야겠다는 원초적인 욕망만 남았다.

그사이 작은아이는 뛰어다닐 수 있게 됐고 큰아이는 초등학생이 되었다. 아이들을 굶길 것 같아 지독히도 마음을 졸였다. 왜 여기까지 와서 하필 그런 장사를 하게 되었을까. 더 나쁜 건 자책을 멈출 수가 없었다는 것이다. 그런 시절이 너무 힘들었던 것일까. 그때부터 나는 안 아픈 데가 없었다. 소화가 안 됐고, 기운이 없었고, 머리가 아팠고, 무엇보다 시도 때도 없이 너무 슬퍼서 온종일 어디서나 울었다. 몇 달을 그리 보내다가 인도인 패밀리 닥터에게 갔다. 진료실에 들어서자마자 어디가 아프냐는 의사의 말에 이걸 어떻게 영어로 제대로 전달할까 막막해서 나는 또 울었다.

"나 너무 아파요. 몰라요. 어디라고 말할 수가 없어요. 뭐가 잘못되었을까요. 속이 이렇게 오랫동안 아프니 위암일까요? 제가 죽는 걸까요? 아직 아이들이 어려요."

나는 내가 무슨 말을 하고 있는지 인지하지 못하고 앞도 뒤도 없는 말을 쏟았다. 나를 불안하게 바라보던 의사는 혈액검사를 포함해 몇 가지 검사를 보냈다(캐나다는 검사 기관이 따로 있고, 의사가 진단에 필요하다고 동의해야 검사를 받을 수 있다). 검사를 하고 결과를 기다리는 동안 매일 악몽을 꾸었다. 일주일이 지나고 병원에서 결과를 보러 오라고 연락이 왔다. 도대체 무슨 말을 들을까. 비가 억수같이 쏟아지는 길을 혼자 운전해 가면서 내 상상은 최악으로 치달았다. 의사는 '갈블래

더Gallbladder'에 '스톤'이 있다고 했다.

"갈블래더? 위암 아니고? 근데 방금 뭐라고 했어요? 갈… 뭐라고요? 그게 어디에 있어요?"

내 표정을 살피던 의사가 지휘봉으로 내장 지도를 두드리며 설명했다.

"간 밑에 아주 작은 이것!"

아, 그렇다면 쓸개 아닌가. 쓸개에 돌이 있으니 쓸개를 아주 없애야 한다고 했다. 돌만 따로 빼낼 수는 없다는 것이었다. 두어 달 후 수술을 받았다. 2002년 5월이었다.

'아들아, 엄마 곧 올 거야. 꼭 올 거야. 아무 걱정 마.'

수술 전날 밤에는 한숨도 잘 수가 없었다. 나는 어두운 부엌 식탁에 앉아 여덟 살 아들에게 편지를 썼다. 그때 딸은 고작 세 살이었으니 이 상황을 이해시킬 수도 없었다. 아이들이 잠에서 깼을 때 엄마도 아빠도 없으면 얼마나 무서울까. 돌아오지 않는 엄마 아빠를 기다리며 그 여리고 겁 많은 녀석들이 얼마나 걱정할까. 그런 생각을 할 때면 어김없이 눈물이 맺혔다.

이제와 생각해보니 잠든 아이들을 친구에게 맡겨두고 어두운 새벽에 병원으로 출발하면서 혹시 돌아오지 못할까봐 두려웠던 건 아이들이 아니라 나였을지도 모르겠다. 만약에 내게 무슨 일이 생기면 일가친척 하나 없는 이곳에서 아이들은 어떻게 살아갈까.

그날 나는 그런 걱정들이 무색하게 쓸개를 떼어내고 오후 세 시쯤 집으로 돌아왔다. 명색이 장기를 적출하는 수술인데 하룻밤 입원도 없이 돌려보내졌다.

"아무리 병원비가 공짜라지만 마취가 풀리기도 전에 휠체어에 태워 퇴원시키다니 너무한 거 아니냐!"

남편이 휠체어를 밀며 투덜거렸고 나는 악기운에 헤롱거리며 웃었다. 그래도 아이들이 있는 집으로 일찍 돌아가게 되어서 좋았다.

쓸개가 없다는 것은 맹장이 없다는 것과 무슨 차이가 있었을까. 장난처럼 멀쩡한 맹장을 떼어버리던 때와는 달리 쓸개를 떼어내던 그즈음 나는 생의 유한성을 깊이 체감했다. 사람이 아플 수도 있고 아파서 죽을 수도 있구나. 병원에서 고작 반나절을 보낸 것에 비하면 좀 과한 결론이지만 나는 몹시 진지하고 비장해졌다. 이렇게 생을 끝낼 수는 없다. 마치 바닥을 치고 튀어오르는 공처럼 수술 후 나는 조금 엉뚱해졌고 용감해졌다. 철제 난간에 올라 죽도록 무서워하던 계곡 번지점프를 했고, 거꾸로 매달려 머리 아래 푸른 계곡물과 철제 다리와 하늘을 번갈아 보면서 글을 쓰겠다고 결심도 했다. 생각해보면 참으로 럭비공 같은 의식의 흐름이다.

내겐 오랜 지병이 몇 개 더 있는데 그중에서 나를 가장 괴롭힌 건 자궁근종이었다. 대표적 증상인 다량의 출혈과 아랫배 통증이 극심했다. 여러 해 초음파로 경과를 보다가 이 년을 기다린 끝에 캐나다에서 좀처럼 만나기 힘들다는 산부인과 전문의를 만났다. 만나자마자 그는 대뜸 자궁 적출을 권했다.

"왜? 왜 없애야 해요? 적출하지 않으면 무슨 일이 일어날까요?"

나는 뒤늦게 이 세번째 장기에 집착했다.

"아이를 더 낳을 건가요? 아니잖아요. 그럼 그게 왜 필요해요? 그건 태아가 사는 집인데 이젠 필요 없어졌잖아요."

"아니, 잠깐만요. 그래도 그걸 그리 쉽게 없앨 일은 아니지요. 모든 기관이 다 존재하는 이유가 있을 텐데."

"당신 아프잖아요. 그걸 덜어내면 더이상 아프지 않아요. 출혈 때문에 생기는 빈혈도 좋아질 수 있어요."

"그러니까 치명적인 건 아니고, 아픈 것만 참을 수 있으면 수술 안 해도 된다는 건가요?"

"그렇다고 볼 수 있지요."

"그럼 더 버텨보겠어요!"

그렇게 나는 자궁을 지켜냈다. 그 후로도 십 년 가까이 매달 생리 때가 되면 배를 움켜쥐고 그 결정을 후회했다. 도대체 내가 지키려는 게 뭘까. 어이없이 떼어낸 맹장에 대한 회한으로 자궁에 집착하는 건가. 쓸개까지 없으니 뒤늦게 신중해진 것인가.

"어머, 이걸 어떻게 참고 계셨어요. 크기도 그렇지만 위치가 너무 아픈 곳인데요."

얼마 전, 한국에서 병원에 갔더니 젊은 산부인과 의사가 초음파를 보며 나를 안쓰러워했다. 그동안의 말 못 했던 고통을 뒤늦게나마 알아주는 이가 있어 고맙고 감격스러웠다.

"지금이라도 떼어낼까요?"

나는 이제야 자궁을 버릴 마음의 준비가 되었으므로 초연한 목소리로 말했다.

"폐경되었으면 별 의미 없어요. 여성 호르몬이 줄어서 이제 근종도 더이상은 자라지 않을 테니까요."

'모든 것은 때가 있다'라고 적힌 이태리타월을 보며 숨넘어가게 웃다가 생각이 세 장기에까지 닿았다. 나는 일어나지도 않을 일을 끝도 없이 상상하며 스스로를 들볶아왔다. 그건 내게 닥친 실제의 일보다 늘 나를 더 힘들게 했다. 그래도 한편 생각한다. 현명하지도 못하고 걱정만 많았던 지난 시절이 부끄럽고 민망하지만, 그런 시간을 지나 지금에 이르지 않았느냐고. 걱정과 두려움이 때론 우리를 보호하고 어두운 골목을 힘껏 뛰게도 했을 거라고. 그러니 그 모든 순간이 다 내겐 때였다고. 나의 작은 마음 시절을 위로해주고 싶은 것이다. ✐

바다에서 하늘까지

비가 억수같이 오는 겨울날 바닷가로 캠핑을 떠났다. 떠나기 전, 나는 쏟아지는 빗줄기에 질려 머뭇거렸다. 이번 캠핑은 텐트 대신 차에서 잠을 자기로 했으므로 비가 오는 건 큰 문제가 아니라고 남편은 나를 설득했다. 과연 우리가 그 좁은 차에서 잘 수 있을까.

남편은 차에서 잠을 자면서 북미 대륙을 한 바퀴 돌아보려는 야심 찬 꿈을 가지고 있었다. 그러니까 이번 캠핑은 그 예행 연습 차원이었다. 남편은 장거리 로드 트립을 할 때 차에서 잠을 잘 수 있으면 많은 문제가 해결될 거라고 믿었다. 경치 좋은 바닷가 언덕에서 파도 소리를 들으며 잠을 자고 숙박 시설이 없는 사막 한가운데서 별을 보며 밤을 지내는 상상을 하면 나도 살짝 들떴지만 자신은 없었다. 남편은 한편으로는 나를 설득하고 다른 한편으로는 이십 년 경력의 목수 노하우를 쏟아부어 자동차의 2열과 트렁크에 걸쳐 수납이 가능한 다용도 침상을 만들었다.

"도저히 춥고 불편해서 잘 수 없으면 집으로 돌아오자. 두 시간만 운전하면 돌아오잖아."

캠핑장으로 출발하면서 퇴로를 확인하는 심정으로 내가 못을 박았다. 그즈음 나는 편한 침대에 누워서도 불면의 밤을 보낼 때가 많았다. 갱년기를 지나면서 수면의 질은 형편없이 나빠졌다. 잠들지 못하는 밤에는 어떤 자세도 불편했다. 덮어두고 묻어두었던 기억이 두더지처럼 땅 위로 올라와 나를 들볶는 밤이 이어졌다. 베개는 너무 높거나 낮았고 매트리스는 움직일 때마다 기괴한 소리를 내는 괴물 같았다. 그런 내가 차 안에서? 난방도 없는 차 안에서? 새벽이면 영하로 내려가는 날씨에?

내가 툴툴거리자, 친구들은 이제 더이상 고생이 낭만이 될 만큼 젊지 않다며 말렸다. 나도 동의했다. 너 그러다가 입 돌아간다고 진지하게 놀려대는 친구도 있었다. 웃으며 넘겼지만 듣고 보니 현실적인 고민이었다.

집을 나섰다. 집에서 멀어질수록 걱정이 점차 옅어졌다. 시투 스카이Sea to Sky 고속도로는 '바다에서 하늘까지'라는 이름대로 풍광이 좋았다. 해안선을 타고 북쪽으로 가는 동안 눈 덮인 산이 내내 따라왔다. 낮은 구름이 산허리를 감싸고 천천히 몸을 움직였다. 현실의 걱정 따위는 잠시 사소해질 정도로 몽환적이었다. 아, 좋다. 나는 온갖 경우의 수를 상상하며 속을 볶아대던 것을 잊고 어느새 감탄을 쏟아냈다.

해안가 캠핑장에는 이미 캠핑카들이 포진해 있었다. 작은 방크기부터 집채만한 버스까지 움직이는 집들이 마을처럼 옹기종기 모여 있었다. 우리처럼 일반 자동차에서 잠을 자려는 사람은 없어 보였다. 짐을 풀기 시작할 즈음에는 빗줄기가 눈으로 바뀌었다. 우리는 식사나 요리를 할 수 있게 캠핑 사이트마다 비치된 나무 테이블 위로 지붕만 있는 천막 텐트를 먼저 설치하기로 했다. 눈이 온다고 차에 마냥 앉아 있을 수는 없는 노릇이었으니까.

남편이 꺼낸 새 텐트의 철제 빔은 단단하고 견고해서 바람에도 끄떡없어 보였다. 그러나 그 때문에 무게가 만만치 않았다. 무거운 것이 비를 맞으니 미끄러운 흉기 같았다. 남편은 겹쳐져 있는 철제 빔을 길게 빼내느라 안간힘을 썼다. 잘려나간 왼손 손가락이 자꾸만 미끄러졌다. 밀고 당기는 힘이 실리지 않았다. 나는 빼내는 것을 도와주려고 한쪽 끝을 잡았다. 관절염으로 마디가 툭 튀어나온 내 손가락도 힘이 없긴 마찬가지였다. 둘이서 이리저리 용을 써가며 텐트를 펼치고 나니 온몸이 축축하게 젖었다.

"어서 불을 피우자."

남편은 불쏘시개를 만들어 불을 피웠다. 눈 속에서도 불을 피울 수 있다는 것이 신기했다.

"이게 무슨 사서 고생이야. 누가 시켜서 해야 한다면 원수 삼자 했겠네."

나는 따뜻한 물을 끓여 들고 모닥불을 쳐다보며 말했다. 말은 그리했지만 사실은 빗방울이 따닥따닥 텐트에 부딪히는 소리가 싫지는 않았다.

남편은 자신이 우겨서 온 캠핑이라 그런지 더 부지런히 움직였다. 아이스박스를 내리고 주방 기구를 정리하고 침상을 조립하느라 빗속을 이리저리 뛰어다녔다. 캠핑은 할일이 많았다. 대부분 힘을 써야 하는 일이었다. 오늘따라 그의 손안에 있는 모든 것이 무거워 보였다. 얼마 전에 사다리에서 떨어진 충격으로 어깨도 허리도 움직임이 부자연스러웠다. 물리치료를 계속 받고 있지만 별 차도가 없는 모양이었다. 나는 늙어가는 남편의 몸과 '더 늦기 전에'라는 다급한 그의 마음에 대해 생각했다.

그동안 참 열심히도 살았다. 하루에 열여섯 시간을 일한 적도 많았다. 이제 겨우 이런 곳에 다닐 여유가 생긴 것 아닌가. 그러니 그토록 기대하고 기다리던 것들을 해봐야 하지 않을까 싶다가도 힘겹게 움직이는 그를 보면 이 괜한 짓을, 하는 마음이 불쑥 올라왔다. 나는 남편을 돕기 위해 일어나 주섬주섬 주변을 정리하기 시작했다.

사고가 난 후 십이 년 동안 남편의 오른손은 다친 왼손을 대신해 많은 일을 했다. 노동은 운동이 아니라서 고생의 흔적이 골병으로 몸에 쌓였다. 그즈음에는 일을 마치고 집으로 돌아오면 뜨거운 물에 손을 담그고 곱은 손이 펴지기를 기다렸다. 젊었을 때는 몰랐다. 손가락이 잘리고 긴 회복기를 보낼 때도 신음 소리 한 번 내지 않던 사람이었다. 남편의 비명은 낯설었다. 왼손을 사용하지 않으니 왼팔이 가늘어졌고, 혼자 무게를 지탱하던 오른팔의 관절이 닳았다. 통증은 오른쪽 어깨와 목으로 옮겨 다녔다. 잃은 것은 손가락이었지만 이제 그것은 손가락만의 문제가 아니었다. 그때 시작된 장애의 작은 각은 늙음과 맞물려 점차 벌어졌다.

캐나다로 이민을 올 때 남편은 목수가 되고 싶다고 했다. 목수가 되어 통나무집을 짓고 싶다고 했다.

"거긴 통나무집이 많으니까 일자리도 많을 거야."

남편은 캐나다에 오기만 하면 쉽게 통나무 목수가 될 줄 알았다. 하지만 막상 와보니 캐나다에는 생각처럼 통나무집이 많지 않았다. 그것은 이민을 오기 전에 우리가 품었던 무수한 오해와 편견과 근거 없는 희망의 일부였다. 영어는 어려웠고, 취업은 더 어려웠다. 가끔 인력시장에서 하루짜리 일을 얻었지만 노동의 강도는 상상을 초월했고 실수하지 않으려 애쓰느라 지

4부 돌아오기 위해 떠나는 길

레 지쳐 떨어졌다. 소득 없이 취업 시장을 기웃거리고 영어 학교를 다니다가, 이렇게 망하나 저렇게 망하나 마찬가지라는 심정으로 모든 것을 쏟아부었던 비즈니스는 생각보다도 더 빨리 망했다. 새벽부터 밤까지 열심히 매달렸지만, 열심히 한다고 모든 것이 해결되는 건 아니었다. 잘못된 방향으로 열심히 달리는 건 실패의 속도만 높일 뿐이었다.

막다른 골목에 닿아서야 남편은 애당초 캐나다로 온 이유를 떠올리며 대학의 목수 과정에 등록했다. 그는 제일 먼저 학교에 가고 제일 늦게까지 교실에 남아 있는 학생이 되었다. 성실을 믿어서가 아니라 성실밖에 믿을 게 없었다. 다행히 남편에게 무한한 신뢰를 보내는 선생님을 만났고 일자리도 알선해주어 졸업 후 바로 일을 시작했다. 초보 이민자로, 초보 목수로 시급을 남들의 반밖에 못 받았지만 불만을 가질 형편이 아니었다.

2005년 조선일보 신춘문예에 내 소설이 당선되었을 때, 상금으로 남편의 장비 세트를 마련해주었다. 남편은 내가 사준 전기톱과 대패와 네일 건과 파워 드릴을 이용해서 소나무로 된 책장을 짜주었다. 그렇게 모든 것이 마침내 가야 할 자리에 닿은 듯했다.

모닥불에 무쇠 팬을 달궜다. 기름을 둘렀더니 빗방울이 튀어올랐다. 소금과 후추로 간을 한 스테이크를 팬 위에 올렸다. 바짝 마른 장작을 두어 개 더 얹으니 요리가 가능할 만큼 불이 세졌다. 고기의 아랫면은 지글지글 소리를 내며 익었고 윗면으로 차가운 빗방울이 떨어졌다. 나는 비를 가려보겠다고 모닥불 위로 우산을 받쳤다. 그러느라 겨우 말린 몸은 다시 젖었고 젖은 몸에 연기가 달라붙었다. 눈이 따가워 눈물이 줄줄 흘렀다.

"멀쩡한 집을 두고 왜 이러는 거지 우린?"

내 말에 남편이 깔깔 웃었다. 도저히 익지 않을 것 같던 고기는 빗속에서도 제법 노릇노릇하게 익어갔다. 와인을 따서 스테인리스 캠핑 잔에 따랐다.

"다음에 올 때는 따뜻한 국물을 만들어 와야겠어. 오뎅탕에 부추전 같은 거 좋겠다, 그지?"

다시는 캠핑을 오지 않을 것처럼 툴툴거리던 내가 나도 모르게 다음을 계획하고 있었다.

"또 오긴 올 거지?"

남편은 고기 한 점을 입에 넣고 우적우적 씹으며 말했다. 나는 축축하게 젖어 더 횅해진 남편의 머리카락을 쳐다보며 긍정도 부정도 하지 않고 웃었다.

십이 년 전, 크리스마스를 앞둔 어느 날 남편의 손가락이 테이블 톱에 빨려 들어갔다. 테이블 톱이 나무를 잘라내는 방식은 단면을 갈아내는 것과 비슷해서 마디의 조직을 모두 망가뜨렸다. 잘린 손가락을 잘 싸서 병원으로 가져갔지만 이어 붙일 수 없었다. 하나는 완전히 잃었고 두 개는 부분적으로 잃었다. 손가락을 잃는다는 것은 쓸개나 맹장을 잃는 것과는 다른 종류의 상실이었다. 상처가 얼마간 아물었을 때, 산재공단에서 전문가의 입회 아래 손실을 계산하는 시간을 가졌다. 잃어버린 것의 무게를 다는 일이었다. 남편은 사무실로 들어가고 나는 대기실에서 남편을 기다렸다. 한 시간쯤 지났을까. 한국인 통역사가 먼저 나와 나를 보며 투덜거렸다.

"저렇게 겸손하고 정직하게 말하면 누가 보상을 해줍니까? 아저씨가 아무리 마음이 좋아도 그렇지. 다 괜찮다고만 하니 참 답답해요. 손해 사정을 하는 사람들은 죽겠다고 해야 좀 아프구나 생각할 텐데요. 저리 말하면 아프다고 생각하겠어요?"

통역사는 중립의 의무가 있었지만 안타까운 마음을 어쩌지 못했다. 남편은 사고를 당하고도 자신의 부주의로 주변을 실망시키거나 피해를 주지는 않았을까 염려했다. 그것은 평소 온순하고 배려가 많은 남편의 성격 때문만은 아니라는 것을 나는 알았다. 이주자로, 소수자로, 주변인으로 늘 자신을 낮추고 남들보다 더 열심히 일하고 덜 쉬고 눈에 띄지 않게 존재해야 하고, 그러나 필요할 땐 늘 거기 있어야 겨우 인정받는 사람. 그게 이방인이 살아남는 방식이라는 것을 남편은 알고 있었다. 그것으로 언어의 장벽을 덮고 이주자에 대한 경계를 허물어보려 했을 것이다. 아니 남편뿐 아니라 이주자의 대다수가 그렇게 믿었다.

어두워졌지만 여전히 눈과 비가 바뀌어가며 내렸고 기온은
영하로 떨어졌다. 예쁜 모닥불이 있었지만 사방이 뚫린 천막 안
의 공기를 데울 수는 없었다. 우리는 더이상 장작을 얹지 않았
다. 반쯤 탄 장작은 결국 비를 이기지 못하고 꺼져버렸다. 사방
이 어느새 깜깜해졌다. 파도 소리가 간간이 들렸지만 바다는 검
게 변해 아무것도 보이지 않았다. 시간은 겨우 저녁 일곱시였
는데 깊고 깊은 밤 같았다. 우리는 차로 들어가 나란히 누웠다.
몸에서 뿜어내는 장작불 냄새가 차 안에 가득했다. 팔을 뻗으
니 손이 차의 천장에 닿았다. 이렇게 납작한 곳에 누워본 것은
다락방 생활을 하던 어린 시절 이후 처음이었다. 뻗은 팔에 오
스스 소름이 돋았다. 차 안의 공기는 차가웠다. 유단포(더운물을
채워 보온 효과를 내는 주머니)를 안고 서로의 등에 기대 돌아누
웠다.

"안 추워?"

남편이 물었다.

"좋아."

나는 대답했다. 참 징그럽게도 비가 내렸다.

십이 년 전 손해 사정을 한 결과 사고로 인한 몸의 손실은

16퍼센트라고 했다. 당신은 몸의 16퍼센트를 잃었습니다. 손가락을 잃는다는 것의 무게를 몰랐으므로 16퍼센트가 얼마나 적절한지는 알 수 없었다. 상처가 아물어도 부재의 무게는 날이 갈수록 무거워진다는 것도 그때는 몰랐다.

"빗소리 참 좋지?"

잠든 줄 알았던 남편이 어둠 속에서 불쑥 말했나.

"손가락은 괜찮아? 아까 텐트가 안 펴져서 너무 무리한 거 아니야?"

"손가락은 없어도 차박 캠핑은 못 참지 내가."

남편이 유행하는 말투를 흉내 내다 큰 소리로 웃었다. 마치 그것들을 잃고 잊어가며 여기까지 달려온 이유가 차에서 잠을 자기 위해서라는 듯이. 마치 이 고생을 하기 위해 저 고생을 참아낸 사람처럼 그는 즐거워했다.

장작이 타닥타닥 갈라지며 타는 소리에 잠을 깼다. 밖은 환한 아침이었다. 남편은 모닥불을 피우고 커피를 마시고 있었다. 나는 간밤에 한 번도 깨지 않고 깊은 잠을 잤다. 비는 여전히 내리고 있었지만 바다가 또렷이 보일 만큼 날이 밝아 있었다. ✐

나는 바다를 닮아서

초판 1쇄 인쇄 2022년 11월 25일
초판 1쇄 발행 2022년 12월 5일

지은이 반수연

편집 정소리 이희연 디자인 이보람 마케팅 김선진 배희주
저작권 박지영 형소진 이영은 김하림
브랜딩 함유지 함근아 김희숙 고보미 박민재 박진희 정승민
제작 강신은 김동욱 임현식 제작처 천광인쇄사

펴낸곳 (주)교유당 펴낸이 신정민
출판등록 2019년 5월 24일 제406-2019-000052호

주소 10881 경기도 파주시 회동길 210
전화 031-955-8891(마케팅) 031-955-2692(편집) 031-955-8855(팩스)
전자우편 gyoyudang@munhak.com

인스타그램 @gyoyu_books 트위터 @gyoyu_books 페이스북 @gyoyubooks

ISBN 979-11-92247-58-8 03810